Pascale Le Mouel

Le voisin maléfique

ISBN numérique : 979-10-262-2168-5

EAN papier : 9791026221692

librinova

Courriel : contact@librinova.com
Internet : www.librinova.com

Du même auteur

Un voile sur ma vie, Edilivre, 2013.
Vengeance post-mortem, Edilivre, 2015.
Voyage au fil des mots, Edilivre, 2017.

Cette histoire est inspirée de faits réels, mais tous les personnages de ce roman sont fictifs et toute ressemblance avec des personnes réelles, vivantes ou mortes, serait pure coïncidence.

Chapitre 1

La vie n'a pas toujours été tendre avec moi, se dit Patricia avec amertume en songeant à son passé. Mais, depuis la mort de son mari, elle peut, enfin, lâcher prise. Le temps n'a plus la même emprise sur elle ; ses trois enfants sont maintenant élevés et ont tous une bonne situation dont elle peut être fière : l'aîné, Paul, âgé de trente ans est ingénieur dans les énergies renouvelables à Rennes ; la cadette, Sophie, vingt-huit ans est médecin généraliste à Fougères et le benjamin, Claude, vingt-six ans, travaille en tant qu'artisan menuisier, à deux pas de chez elle dans la petite ville de Janzé. Malgré leurs nombreux différends ; son mari et elle avaient œuvré sans relâche pour ouvrir leurs enfants vers le monde extérieur et leur donner le goût des études.

À l'aube de ses cinquante printemps, elle reprend peu à peu goût à la vie. Pourtant, ces derniers mois ont été pénibles et stressants : Jacques, son mari est décédé dans un accident de voiture.

À sa mort, cet homme, architecte de renom, lui laissait en héritage la maison de maître dans le centre-ville de Janzé ainsi que plusieurs appartements à Rennes, Dinan ainsi qu'une villa à La Baule. Financièrement, elle n'était pas à plaindre et pouvait continuer à vivre sans se soucier du lendemain. Patricia n'avait jamais eu besoin de travailler : elle avait toujours vécu dans l'opulence. De toute façon, son mari lui interdisait d'avoir une activité salariale.

Les premières années de leur mariage, elle avait trouvé cette attention très touchante surtout qu'avec la venue des enfants elle était toujours très occupée. Mais, très vite, elle avait éprouvé le besoin d'être autonome financièrement pour ne plus dépendre de son mari. Au début de leur union, Jacques sut trouver les mots pour l'endormir en la flattant sur sa façon de gérer son foyer, ses enfants et sa manière unique d'organiser leurs nombreuses réceptions à la maison, le week-end. Puis, au fil du temps, lorsque Patricia devint plus insistante il chercha à la culpabiliser :

– Tu ne nous aimes plus ? Tu t'ennuies avec ta famille ? Beaucoup de femmes doivent t'envier de ne pas avoir besoin de travailler et, toi, tu ne penses qu'à nous quitter !

– Voyons, Jacques, essaie de comprendre ! J'ai un diplôme d'infirmière et je n'ai jamais eu l'occasion d'exercer ce métier puisque je t'ai rencontré alors que je n'étais qu'une étudiante.

– Serait-ce un reproche dans ta jolie bouche ?

N'attendant jamais sa réponse, il l'attirait délicatement vers lui en l'embrassant et elle sentait sa résistance fondre dans ses bras, sous la chaleur de son baiser. Elle comprit qu'il ne la laisserait jamais travailler à l'extérieur, si bien qu'elle finit par ne plus aborder le sujet de peur de le contrarier et de le mettre en colère. Progressivement, elle se persuada que Jacques avait raison. Elle ne voulait pas se disputer continuellement avec lui, encore moins, devant les enfants. Elle tenait à tout prix à les préserver.

Au début, son mari, fier de sa beauté, l'exhibait en société comme un beau diamant et faisait valoir ses dons d'épouse et de parfaite maîtresse de maison. Mais, les années passant, il la délaissa peu à peu pour regarder les autres femmes avec convoitise, ce qui la faisait encore terriblement souffrir rien qu'à cette simple évocation. Il n'était pourtant pas ce qu'on pouvait appeler un « Don Juan », mais il avait de la prestance, du charisme et du charme avec ses yeux noisette et ses cheveux bruns qui ondulaient naturellement.

Elle n'ignorait pas qu'il la trompait mais préférait souffrir en silence de peur de le voir s'emporter. Elle avait fini par en prendre son parti pour se consacrer à l'éducation de ses enfants. Il fallait sauver son couple et les apparences. En société, Jacques était toujours prévenant et aimant. Toutes ses amies l'enviaient d'avoir un mari aussi gentil de telle manière qu'elle n'osait pas les contredire de peur de passer pour une capricieuse. Elle avait reçu une éducation très stricte, durant toute son enfance, où la religion était omniprésente.

Sa mère lui rappelait souvent qu'une femme devait faire attention à son apparence physique, tenir son intérieur propre, s'occuper de son mari et de ses enfants, être conciliante avec lui pour s'en attribuer les faveurs mais surtout ne pas chercher à envenimer les choses si elle voulait que son ménage dure dans le temps.

Une telle éducation laisse peu d'espace à l'initiative personnelle et à l'épanouissement de la femme dans le couple. Avec de tels principes, l'homme représente la toute-puissance. Il est indétrônable. Cependant, Patricia n'en voulait pas à ses parents de l'avoir élevée de cette manière ; elle avait même du mal à imaginer un autre modèle. Malgré l'émancipation de la femme en cette fin de vingtième siècle, elle trouvait choquant tous ces divorces et ces séparations dans le couple surtout lorsque les enfants en payaient le prix fort. Soudain, une voix tonitruante, derrière elle, la tira de ses pensées et la fit sursauter :

— Alors, Maman, toujours en train de rêver ?

— Ah, c'est toi Paul ! Tu m'as fait peur. Tu ne travailles pas aujourd'hui ?

— Si, mais j'avais un chantier à visiter dans le secteur ; j'en ai profité pour venir te voir. J'espère que ça ne te dérange pas ? j'ai Sam avec moi. Tu le connais ? Il faut qu'il me suive partout sinon il va ameuter tout le quartier. Je l'ai laissé dans le jardin courir après les papillons. Il est fou ce fox-terrier !

— Tu as bien fait. C'est très gentil d'être venu. Veux-tu boire quelque chose ? Il fait tellement chaud aujourd'hui.

— Oui avec plaisir. As-tu des nouvelles de Sophie ? Sa grossesse se passe bien ?

— Oui, mais tu connais ta sœur ? Même dans son état, elle travaille sans se ménager. Ses malades la sollicitent beaucoup, ajouta Patricia en soupirant.

— Je sais, maman, mais son métier c'est toute sa vie ; on ne la changera pas.

— Sans doute, mais j'ai du mal à m'y faire. Et toi, côté cœur, rien de nouveau ?

— Tu voudrais tout savoir, hein ? Pour le moment, j'ai d'autres préoccupations.

— Ah ! Lesquelles ? Ce n'est pas grave au moins ?

— Non mais contrariant. Nous sommes sur un grand projet d'implantation d'éoliennes en Loire-Atlantique, mais les riverains ne veulent pas en entendre parler à cause des nuisances sonores. Une pétition circule en ce moment sur le Net. Je ne peux donc pas faire comme je l'entends et ça m'énerve. À force de ménager les susceptibilités, j'ai bien peur que ce projet ne tombe à l'eau. Assez parlé de moi ! Comment vas-tu ?

— Bien même si la solitude me pèse toujours un peu. Heureusement que Bella me tient compagnie ! Depuis que son maître est mort, elle me suit partout dans la maison et monte la garde comme elle ne l'avait jamais fait auparavant. Puis, je continue à faire du sport et à voir Christine. En plus, Claude et Katia viennent régulièrement. Mes journées sont bien occupées ; je n'ai pas le temps de me morfondre et je vous ai souvent le week-end à la maison. D'ailleurs, je compte sur vous tous à la fin du mois, ta sœur n'est pas de garde ce jour-là.

— Avec plaisir. Je serai content de revoir tout le monde. Oh, il est grand temps que je parte ! Je n'ai pas vu l'heure tourner, ajouta Paul en embrassant affectueusement sa mère. Sam au pied ! Mais où est-il passé ce brigand ? Ce chien n'obéit que quand il a le temps.

Sam, suivi de près par Bella, déboula sur le perron, hors d'haleine, la langue pendante. Patricia s'empressa de leur donner à boire puis, le regard attristé, Sam quitta sa compagne de jeu. Ils se connaissaient depuis peu mais s'entendaient à merveille pour faire les quatre cents coups ensemble. Paul éclata de rire en voyant la truffe de son chien collée à la vitre de la voiture, les oreilles basses, à la vue du petit cocker qui jappait à perdre haleine au portail.

Après le départ de son fils, Patricia ressentit comme un grand vide, malgré la présence de Bella à ses côtés qui ne cessait de lui lécher les mains. Il était à peine seize heures ; il était trop tôt pour s'enfermer et regarder la télévision. Elle décida subitement d'aller rendre visite à sa meilleure amie, Christine, qui habitait à Coësmes, petit village de mille quatre cents âmes, situé à neuf kilomètres de chez elle. Tout en prenant les clefs de sa Golf dans le vestibule, elle s'adressa à Bella :

— Je ne t'emmène pas aujourd'hui.

Le soleil dardait ses rayons sur le pare-brise de sa voiture avec une telle intensité qu'elle avait du mal à distinguer la route avec précision. Les oiseaux chantaient à tue-tête pendant que les vaches paissaient paisiblement dans les prés environnants. Par ce bel après-midi de juin, la nature offrait son plus beau spectacle de concerts cacophoniques : dans les mares, les grenouilles ouvraient le bal nuptial en coassant à qui mieux mieux ; les vaches meuglaient à l'unisson dès que leurs petits veaux s'éloignaient d'elles ; les buses, à l'affut de leurs proies, s'envolaient dans un bruissement d'ailes...

Pour avertir son amie de son arrivée, Patricia klaxonna dans la cour de la ferme. Un visage à la chevelure épaisse apparut soudain dans l'entrebâillement de la porte d'entrée. Etonnés par tout ce raffut, les chiens se mirent à aboyer et toute la basse-cour leur fit écho. Christine arriva dans la cour, un large sourire aux lèvres.

— Tu ne fais jamais les choses à moitié, constata-t-elle en embrassant chaleureusement son amie qui descendait de voiture.

— Que veux-tu ? Il faut bien que je me fasse remarquer.

— Entre donc, péronnelle !

— Je ne te dérange pas au moins ?

— Penses-tu ! Thierry est parti donner un coup de main au voisin dans un de ses champs. Pendant ce temps-là, je suis tranquille. Mais regarde-moi donc, ça n'a pas l'air d'aller.

— Oh, tu te fais des idées !

— Non, non, je ne suis pas folle. Qu'est-ce qui ne va pas ?

Patricia poussa un profond soupir avant de répondre.

— La solitude me pèse beaucoup depuis la mort de Jacques bien qu'il n'ait pas été le mari idéal...

— J'ai vraiment du mal à te comprendre. Tu es une femme libérée, riche et encore très jolie. Qu'attends-tu pour vivre enfin ? Ah, Je sais ce qu'il te faut !

— Quoi ?

— Une sortie entre filles. Il y a un film qui vient de sortir ; je suis sûre que tu l'aimeras mais ne me demande pas de quoi il s'agit. Ce sera une surprise. Attends une minute ! J'ai le programme sur le bureau. Je regarde les horaires.

— Je n'ai plus qu'à obéir, constata Patricia en retrouvant soudain son sourire.

— Tu as plutôt intérêt ! cria Christine de la pièce voisine. Rendez-vous, demain soir, au cinéma de Janzé à 20 heures.

D'accord ?

— O.K. mais parlons un peu de toi. Comment vont tes élèves ?

— Ne m'en parle pas ! Ils sentent les vacances et n'ont plus envie de travailler. Moi non plus d'ailleurs, ça fait une bonne moyenne.

Patricia éclata de rire :

— Tu exagères mais j'aime bien ton humour.

— J'espère bien. Je suis désolée, mais je vais devoir te laisser car l'heure tourne et j'ai encore quelques copies à corriger. À jeudi soir devant le cinéma.

Patricia était maintenant plus sereine. Elle savait qu'elle pourrait toujours compter sur l'amitié sans faille de Christine et cela la rassurait au plus haut point. Elle avait hâte d'être au lendemain pour être à nouveau avec elle, pour respirer sa joie de vivre, son éternel optimisme et oublier, l'espace d'un instant, cet immense vide qui la happait dès qu'elle se retrouvait seule dans sa grande maison. Arrivée chez elle, elle retrouva sa petite chienne qui lui sauta dessus en jappant de joie. Sa maîtresse la réprimanda sans grande conviction puis l'embrassa sur la truffe. Pendant toute la soirée, Patricia résista à l'envie de regarder le programme du cinéma sur Internet. La surprise serait totale et cela valait bien un peu de patience, songea-t-elle en souriant.

Chapitre 2

Patricia se réveilla de bonne heure, le lendemain matin, gaie comme un pinson. Bella, comme à l'accoutumée, la suivait pas à pas au risque de la faire tomber à chaque instant. Chaque matin, la petite chienne attendait avec impatience que sa maîtresse la sorte en laisse. Il était dix heures quand, soudain, Bella se mit à aboyer avec véhémence derrière la porte d'entrée. Patricia qui passait l'aspirateur dans le hall stoppa net pour aller voir ce qui se passait. À ce moment-là, la sonnerie du portail retentit. Elle décrocha l'interphone. Une voix d'homme, très douce, lui répondit :

— Excusez-moi de vous déranger mais je suis votre nouveau voisin. Je tenais à me présenter si vous avez quelques minutes. Cependant, je ne voudrais pas vous importuner.

Patricia hésita, avant de répondre à son interlocuteur, puis ouvrit la porte d'entrée à sa chienne qui s'élança, le poil hérissé, jusqu'au fond du jardin. Pour ne pas effrayer le visiteur sa maîtresse la rappela à l'ordre, mais le petit cocker n'en fit qu'à sa tête et aboya de plus belle.

La personne qui était derrière le lourd portail, ajouré en fer forgé vert, se tenait à distance respective de Bella et tentait de la calmer avec des paroles apaisantes. C'était un bel homme athlétique à la haute stature, aux cheveux courts et blonds, âgé d'environ quarante ans, habillé de manière très élégante et portant un feutre pour se protéger du soleil breton. Il fit tout de suite bonne impression à Patricia qui l'invita à entrer dans la cour. Celui-ci lui tendit une main chaleureuse puis enleva son couvre-chef avant de se présenter :

— Je suis monsieur Lesage Gérard. Je viens des Vosges et je m'installe définitivement, la semaine prochaine, dans votre belle ville de Janzé.

— Ah, c'est donc vous le nouveau locataire de la maison d'à côté ! La propriétaire m'en avait parlée la dernière fois que nous nous sommes croisées dans la rue, mais, sans vouloir être indiscrète, pourquoi avez-vous choisi de venir habiter à Janzé ?

— Parce que mon travail m'oblige à déménager très souvent et puis j'aime énormément les Bretons, ajoute-t-il avec bienveillance en enveloppant Patricia de son regard doux dont l'éclat de ses yeux d'un bleu intense et insistant la fit rougir.

Troublée, elle poursuivit.

— Je suis ravie que notre région vous plaise. Oh, mais excusez-moi ! Avec tout ça, j'ai complètement oublié de me présenter...

Il ne la laissa pas finir et, d'un air malicieux, déclina son identité à sa place en indiquant du regard la boîte aux lettres, ce qui fit sourire Patricia. Bella, rassurée de voir sa maîtresse à l'aise avec le visiteur, était repartie à toute vitesse dans le fond du jardin pour chasser les papillons et les intrus qui, par malheur, se seraient égarés dans la propriété. Enfin, Gérard proposa à sa voisine de lui apporter un gâteau, la semaine prochaine, pour sceller leur bonne relation de voisinage.

— Volontiers. Disons, mardi après-midi vers quatorze heures. Je vous offrirai le café, dit-elle en le trouvant de plus en plus sympathique.

Elle lui tendit sa main qu'il prit délicatement dans la sienne effleurant légèrement le bout de ses doigts, puis la remercia pour cette rencontre amicale. Patricia referma le portail derrière lui et le regarda partir, songeuse, émue par cet homme qu'elle connaissait à peine. Il se retourna pour lui faire un petit signe de la main ; elle lui sourit.

Après le départ du visiteur, Bella arriva tout excitée au pied de sa maîtresse, un mulot dans la gueule, satisfaite de sa trouvaille. Patricia au lieu de la complimenter la sermonna vertement.

— Vilaine ! Veux-tu laisser cette pauvre souris tranquille ! Elle ne t'a rien fait. Donne !

Elle l'obligea à lâcher prise et c'est la mort dans l'âme que la petite chienne vit sa proie, un peu étourdie, reprendre contact avec le sol pour repartir, d'un pas mal assuré, vers un avenir incertain : Bella n'ayant pas dit son dernier mot. Puis sa maîtresse lui mit la laisse autour du cou tout en continuant à l'invectiver.

— Maintenant, ça suffit ! Nous allons nous promener dans le parc. Sois sage et obéissante pour une fois sinon gare à toi !

Au son de la voix de Patricia, Bella comprit qu'elle avait fait quelque chose de mal. Elle se mit sur le dos, en signe de soumission, pour réclamer des caresses ce qui détendit immédiatement l'atmosphère.

— Tu sais y faire, ma jolie. Comment veux-tu que je résiste ? C'est impossible.

Le petit cocker, la voyant rire aux éclats, se mit à sauter et à courir dans tous les sens, la laisse autour de son cou. Patricia la laissa se défouler un petit moment puis la rappela. La promenade se passa, alors, tranquillement. Sa maîtresse, guillerette, ne pouvait s'empêcher de penser à son nouveau voisin, le cœur battant, tandis que Bella fatiguée par toutes ces émotions la suivait docilement.

Perdue dans ses pensées, elle ne vit pas son autre voisine de rue, seule, assise sur un banc qui s'empressa de la rattraper. Patricia ne l'aimait pas beaucoup parce qu'elle était très curieuse, malveillante et fourbe. Elle portait d'ailleurs le prénom désuet d'Églantine. Elle engagea tout de suite la conversation sans perdre un instant et enchaîna :

— Je suis contente de vous voir. Êtes-vous au courant ?

— Non.

Églantine, fière de l'intérêt que lui portait Patricia, bomba le torse, passa la main dans ses rares cheveux blancs avant de se décider à parler.

— Nous allons avoir un nouveau voisin. Il est informaticien et change régulièrement de région pour son travail. C'est un homme très bien et vivant seul. Il doit avoir la quarantaine…

Patricia ne la laissa pas finir et abrégea la conversation en prétextant une course urgente à faire, à la grande déception de sa voisine.

— Nous en reparlerons dans une semaine si nous avons encore la chance de nous rencontrer, lui dit-elle ironiquement. Mais là, je dois absolument vous quitter si je ne veux pas rater mon rendez-vous.

— Je peux peut-être vous accompagner ? suggéra Églantine.

Mais la réponse se perdit au loin car Patricia lâcha volontairement la laisse de sa chienne qui se mit à courir. Sa maîtresse s'éloigna au plus vite pour la rattraper. Il lui fallut cinq minutes pour récupérer Bella. Elle pataugeait quatre cents mètres plus loin, dans le cours d'eau, en contrebas, essayant d'attraper désespérément une libellule aux ailes argentées. Mais cette fois-ci, Patricia éclata de rire devant les efforts vains de son compagnon à quatre pattes. Celle-ci s'arrêta net et vint s'ébrouer contre sa maîtresse.

— Que tu peux être naïve, ma pauvre chienne ! En tout cas, on a joué un bon tour à cette vieille enquiquineuse de voisine. Allez, viens ! On rentre. Assez d'émotion pour aujourd'hui.

Le soleil était maintenant au zénith et la journée s'annonçait aussi chaude que la semaine dernière. Cependant Patricia était bien décidée à aller dans le jardin après le repas. Elle n'avait déjà pas fait grand-chose, hier, à cause de son manque de motivation. Mais la rencontre de ce matin avec son futur voisin lui avait donné de l'énergie.

Elle se surprit même à penser à cet inconnu, à ce que pouvait être, son passé et sa vie dans les Vosges. Était-il divorcé, veuf ou bien célibataire ? Elle passa son après-midi à nettoyer ses nombreux parterres de fleurs, suivie par Bella qui, fatiguée par sa promenade matinale, s'allongea au soleil en poussant de temps en temps des gémissements plaintifs. Vers cinq heures, la sonnerie du portable interrompit Patricia dans ses travaux de jardinage.

— Allô ? C'est toi, ma fille ? Tu ne travailles pas aujourd'hui ?

— Non, je suis en repos. Comment vas-tu ?

— Bien et toi ?

— Un peu fatiguée. Le bébé pèse de plus en plus et je ressens, de temps en temps, des douleurs abdominales.

— Mais, arrête-toi ! Qu'attends-tu ?

— Maman, je suis grande. Je sais ce que je fais.

— Certainement, mais j'ai quand même le droit de m'inquiéter. Tu es ma fille et tu portes mon petit-fils. N'oublie pas que je vais être mamie pour la première fois.

— Il me reste trois mois à travailler avant mon arrêt de maternité. Etre enceinte n'est pas une maladie et les patients ont besoin de moi.

— C'est toi le médecin !

Sophie acquiesça.

— À propos, je vais au cinéma ce soir avec Christine. C'est la surprise totale.

— Je suis contente que tu sortes. Tu me raconteras ?

— Bien entendu ! je vais devoir te laisser pour me

préparer. Prends bien soin de toi ! À samedi.

Patricia détestait arriver en retard à un rendez-vous, contrairement à Christine. Mais, cette fois-là, son amie l'attendait de pied ferme devant le cinéma depuis dix bonnes minutes si bien qu'elle en profita pour la taquiner.

— Aurais-tu perdu tout sens commun ? Tu as vu l'heure ?

— Mais tu exagères ! Le film ne commence que dans quinze minutes. Au fait, qu'allons-nous voir ?

— Une comédie pour te changer les idées.

— Génial ! Je suis certaine que tu as fait le bon choix.

— Attends de voir !

Puis, elles entrèrent rapidement dans la salle, munies de leurs tickets. Elles s'installèrent sur le côté pour s'isoler et discuter un peu, avant le début du film. Patricia ne résista pas à l'envie de raconter sa journée sans oublier sa rencontre avec son nouveau voisin. Elle aimait tout particulièrement ces moments de connivence avec son amie où la solitude, l'espace d'un instant, n'avait plus d'emprise sur elle. Christine savait toujours ce qui lui faisait plaisir et elle en abusait à volonté.

Cette dernière, très curieuse, la harcela aussitôt de questions au sujet de Gérard et conclut avec un large sourire qu'elle adorerait faire la connaissance de ce « bel étalon. »La lumière s'éteignit dans la salle coupant court à toute réplique. Le film commença. Tous les spectateurs se plongèrent aussitôt dans la vie tumultueuse de *Bridget Jones baby 2.* Au bout de deux heures de fous-rires, Patricia et Christine se retrouvèrent sur le parking du cinéma et échangèrent leurs impressions sur cette comédie.

— J'ai trouvé ça divertissant mais j'ai quand même préféré le premier ; et toi, qu'en as-tu pensé ?

— J'ai passé un bon moment. J'en ai même oublié mes élèves, c'est pour te dire. Tiens-moi au courant pour ton voisin !

— Tu seras la première informée. Je te téléphonerai pour te raconter, ou je passerai te voir. Bonne fin de soirée et encore merci pour la place de cinéma.

— Fais de beaux rêves. Mes hommages à Bella.

Chapitre 3

Patricia se prépara à se rendre à son cours de natation, comme tous les vendredis, à la piscine de Janzé. Elle avait une peur bleue de l'eau, depuis sa plus tendre enfance, et elle essayait tant bien que mal d'apprendre à nager. Le maître-nageur, Maël, était pourtant d'une patience exemplaire avec elle. Dès qu'elle n'avait plus pied, elle paniquait et l'appelait aussitôt à l'aide. Il fallait pourtant qu'elle domine son appréhension pour pouvoir profiter de sa piscine extérieure qui, depuis la mort de son mari et le départ de ses enfants, ne servait plus beaucoup.

Cette phobie de l'eau remontait à son enfance. Elle se souvenait parfaitement de ses premiers cours de natation à la piscine de Bréquigny à Rennes. Alors qu'elle n'avait que six ans, un de ses camarades l'avait volontairement poussée dans le grand bassin. Elle avait eu la vie sauve grâce à la présence d'esprit d'un jeune homme qui, la voyant se débattre et couler à plusieurs reprises, lui avait tendu sa main. Depuis ce jour-là, elle pleurait systématiquement dès qu'elle allait prendre ses leçons de natation mais son père, imperturbable, ne voulait rien entendre.

C'était un ancien militaire sans cœur dont seuls le courage et la discipline représentaient des valeurs sûres à ses yeux. Il la punissait en lui passant la tête sous l'eau froide avec le pommeau de la douche, jusqu'à ce qu'elle se calme. Sa mère attendait, stoïque, au pied de la baignoire. C'était comme ça dans la famille Legardin. Elle était cependant leur seule enfant mais était élevée selon des préceptes rigoureux. Poussant un profond soupir, elle balaya, d'un revers de main, tous ses souvenirs qui la submergeaient encore et entra précautionneusement dans l'eau. Elle était chaude et invitait les nageuses à se laisser aller et porter par ce liquide azur.

L'ambiance des cours était chaleureuse. Les élèves étaient débutantes âgées d'environ quarante ans. Elles venaient pour apprendre à nager et aucun esprit de compétition ne les animait. C'était le cours idéal pour Patricia qui avait besoin de reprendre confiance en elle. Maël l'avait bien compris aussi redoublait-il d'attention à son égard. C'était un jeune homme grand, musclé, avec un corps parfait au visage poupon. Il était la coqueluche de ses dames. Il avait, de plus, beaucoup d'humour et les cours se passaient toujours agréablement. Mais, ce jour-là, il frappa énergiquement dans ses mains pour obtenir le silence dans le bassin puis annonça :

– C'est le dernier cours avant les vacances, et je ne veux être responsable d'aucune noyade aux mois de juillet et août. Par conséquent, je vais vous faire passer un petit test. Je vois des regards effrayés, pas de panique ! Vous êtes toutes capables de l'avoir. N'êtes-vous pas de véritables sirènes ? je vous inviterai ensuite à venir boire un verre à l'extérieur puis, nous parlerons du planning de la rentrée prochaine. En piste, mesdames ! Qui veut commencer ?

Une main hardie se leva au-dessus des bonnets multicolores.

– Parfait ! Christelle va donc être notre première candidate à affronter les ténèbres de l'enfer. Une petite tête sous l'eau pour commencer en douceur. Bien. Maintenant une largeur en nageant dans le grand bassin et, pour finir, cet objet en caoutchouc à récupérer dans le petit bain. Rien de bien compliqué, vous voyez ! ajoute-t-il à l'adresse des nageuses.

Patricia passa la dernière, tétanisée par la profondeur,

mais réussit son test grâce aux encouragements répétés du maître-nageur.

— Maintenant vous êtes toutes capables de vous débrouiller dans l'eau, conclut-il, avec un large sourire, en distribuant des boissons à toutes ses admiratrices fraîchement diplômées. J'espère vous revoir à la rentrée ; les horaires resteront identiques à cette année. Si vous le désirez, vous pouvez prendre des fiches d'inscription avant de partir. Bon ! Mesdames je dois vous laisser. Bonnes vacances à toutes.

Une meute hurlante de collégiens venait de débouler à l'accueil, et Maël dut élever la voix pour se faire entendre. Patricia sourit, tenant son diplôme fermement dans sa main, et se dirigea vers les vestiaires suivie par les autres nageuses. Elle savait maintenant qu'elle continuerait à s'entraîner à la rentrée prochaine. Pourtant, elle aurait aimé pouvoir en parler avec les autres femmes mais elles étaient toujours très pressées. La natation drainait beaucoup d'adhérentes mais Patricia ne s'était jamais fait d'amies.

Elle avait sans cesse peur de l'inconnu, de l'autre et des souffrances qu'il pourrait lui infliger. Depuis sa plus tendre enfance, sa chair était marquée au fer rouge. Son mariage n'avait fait qu'accentuer cette peur du vide, de la solitude. Paradoxalement, ce qu'elle vivait avec son mari la rassurait car elle le connaissait parfaitement. Elle savait ce qui déclenchait sa mauvaise humeur, à quel moment il allait s'en prendre à elle... Ce rituel la rassurait quelque part et, de toute façon, comme elle se plaisait à le dire : « Jacques veillait sur elle. »

Toute jeune, elle avait mis son destin entre les mains de Dieu. Sans lui, elle n'aurait pas supporter toutes ses frustrations. Secrètement, elle lui était entièrement dévouée. Ses enfants n'avaient jamais parlé de religion avec elle mais ils savaient tous qu'elle était croyante. Leur père, profondément athée, n'admettait pas que sa famille puisse avoir d'autres convictions que les siennes. Dans ces circonstances, Patricia ne pouvait donc exprimer son désir d'aller à l'église, le dimanche, sans déclencher l'hilarité et les moqueries de son mari. Elle avait fini par cacher soigneusement son attirance pour la religion catholique afin de se conformer à ses exigences, au détriment de ses propres choix.

D'un revers de main, elle chassa toutes ses pensées négatives et passa une partie de son après-midi à lire, tranquillement allongée sur son transat sous le parasol, Bella à ses pieds. La tension de ce matin l'avait fatiguée nerveusement aussi désirait-elle se reposer. Maintenant, seul comptait le moment présent. Ce qu'elle aimait le plus, quand elle était dans cet état d'esprit, c'était de travailler la terre, la retourner, sentir cette forte odeur d'humus dans le jardin, semer, planter et observer la nature accomplir des miracles avec quelques graines et un peu de patience.

Ce mois de juin ensoleillé était particulièrement favorable au jardinage. Les légumes grossissaient en se gorgeant de soleil, tandis que les arbres fruitiers se couvraient de beaux fruits juteux que les oiseaux volaient en toute impunité. Après une petite heure de sieste réparatrice, Patricia se sentit soudain beaucoup mieux. Elle décida alors d'allumer son ordinateur pour aller chercher, sur Internet, de nouvelles recettes pour le lendemain. Elle voulait faire honneur à sa petite famille et inaugurer de nouveaux plats. Patricia aimait recevoir tous ses enfants à la maison.

Elle était restée très proche d'eux et avait hâte d'être mamie. La famille allait s'agrandir et, pour la première fois, elle vivait par procuration la grossesse de sa fille. Elle avait souffert quand ses enfants devenus adultes avaient quitté le nid familial. Elle avait ressenti un terrible vide que son petit-fils comblerait. Son portable à côté d'elle se mit à sonner. Katia, sa belle-fille, lui signalait par SMS qu'elle arrivait les bras chargés de nourriture. Patricia s'empressa d'aller lui ouvrir le portail et l'aida à se débarrasser de tous ses achats sur la grande table de la cuisine.

— Quelle bonne surprise ! je suis contente de te voir mais pourquoi apportes-tu à manger ? J'ai déjà tout prévu pour demain.

— Même les courses ou seulement le menu ? interrogea Katia malicieusement en jetant un coup d'œil sur l'ordinateur allumé.

Patricia, malgré elle, dut se résoudre à dire la vérité devant le regard inquisiteur de sa bru.

— Tu vois, j'ai bien fait de tout prévoir ! Nous avons tous décidé, à partir de maintenant, de participer aux courses et à l'élaboration des repas pour te décharger un peu. N'oublie pas que tu vas bientôt être mamie ! Il faut te ménager.

— Dites que je suis vieille tant que vous y êtes.

Pour toute réponse, Katia éclata de rire. C'était une jeune et belle femme âgée de vingt-six ans, aux jambes démesurément longues et fines, au regard pétillant, à la fine chevelure châtaine et à l'allure altière. Elle était issue d'une riche famille d'artisans du Poitou. Elle respirait la joie de vivre et aimait profondément son compagnon, Claude. Cela faisait maintenant deux ans qu'ils vivaient ensemble dans une maison moderne, à deux pas de chez Patricia. Elle travaillait depuis quelques années, à Rennes, dans les bureaux du service social de l'Inspection Académique et s'épanouissait dans son travail.

— Je constate que tu n'as pas perdu ton sens de l'humour, Patricia, et c'est tant mieux car l'ironie conserve.

— Que puis-je répondre ?

— Absolument rien. Au fait, Claude et moi arriverons les

premiers dans la matinée pour te donner un coup de main.

Patricia se mit au garde à vous et répondit un sourire amusé sur les lèvres.

— Vos désirs sont des ordres, chef !

— Parfait ! Je te laisse. Bonne soirée.

Les deux femmes se quittèrent en s'embrassant chaleureusement.

Chapitre 4

Ce samedi s'annonçait sous les meilleurs auspices. C'était le premier jour de l'été et la nature revêtait ses plus beaux atours : de nouvelles fleurs faisaient leur apparition dans les parterres en arborant des couleurs toutes plus vives les unes que les autres, tandis que les oiseaux s'époumonaient à l'envi. La lumière de ce début de matinée qui entrait par la fenêtre de la chambre de Patricia participait, elle aussi, au changement de saison en s'irisant de reflets chatoyants. C'était une journée magnifique et prometteuse.

Après avoir nettoyé un peu la maison, Patricia s'affaira dans la cuisine. Elle dressa la table en chantonnant sous la tonnelle recouverte de chèvrefeuille aux fleurs d'une blancheur immaculée, qui embaumaient l'air ambiant. Puis, prise d'un désir subit de fleurs naturelles, elle alla couper quelques œillets dans son jardin pour décorer la nappe. Soudain, elle regarda sa montre qui indiquait déjà dix heures ; Claude et Katia n'allaient pas tarder à arriver. Elle alla ouvrir le portail, suivie de Bella qui jappait sans cesse à ses côtés pressentant qu'une fête se préparait à la maison. Elle aurait sûrement quelques os ou quelques restes. Des bruits de pas firent se retourner Patricia qui reconnut son fils tenant amoureusement Katia par la taille.

– Déjà sur le pied de guerre maman ? s'enquit Claude en embrassant affectueusement sa mère sur les deux joues.

– J'ai une nombreuse famille qui ne cesse de s'agrandir.

– Alors au fourneau ! Ne perdons pas une minute !

Il poussa sa mère gentiment dans la maison et tout le

monde exécuta son travail avec la rigueur d'un métronome. Claude était très précis et minutieux dans ses gestes. Il goûtait chaque plat, assaisonnait, jonglait avec les épices, éminçait rapidement sous les yeux ébahis de sa mère. Quant à Katia, elle avait ce don d'apporter une touche finale haute en couleurs aux plats préparés. Rapidement, la cuisine devenait une ruche où Patricia s'efforçait tant bien que mal de se rendre utile. Les deux amants s'embrassaient entre deux cuissons et retournaient vaquer à leurs occupations.

La table mise, la maîtresse de maison observa son fils, les mains dans la farine. Tout petit, il aimait cuisiner et l'accompagner dans ses recherches culinaires. C'était un grand gaillard d'environ un mètre quatre-vingts au teint basané, aux cheveux courts et bruns, aux muscles saillants. Il émanait de sa personne un air olympien qui incitait au respect. Claude était toujours tiré à quatre épingles et attachait une importance toute particulière à sa tenue vestimentaire, contrairement à son frère. « Le jour et la nuit », pensait Patricia, songeuse : l'un était grand et brun, l'autre petit et blond. Cependant aucune différence physique ou morale n'entravait leur amitié. Paul avait toujours pris son frère sous son aile protectrice et avait, en tant qu'aîné, initié Claude à de nombreux sports collectifs : le basket, le football... Le temps n'avait pas effacé leur complicité. Après tant d'années, Claude l'appelait toujours affectueusement son héros.

— Alors, maman tu rêves? murmura une petite voix derrière elle.

Patricia sursauta, fit volte-face et se retrouva nez à nez avec sa fille et son gendre.

— Tu m'as fait peur; je ne vous avais pas entendus arriver. Il ne manque plus que votre frère, et nous pourrons passer à table. Mais, laisse-moi te regarder, tu as une petite mine.

— Maman, arrête ! Tout va bien sinon nous ne serions pas là.

— O.K mais je compte sur toi Benjamin pour veiller sur elle.

— Pas de soucis, je t'enverrai un compte-rendu tous les soirs.

— Que tu peux être sot quand tu t'y mets, soupira Patricia !

— Qui est bête ici ? claironna Paul en ouvrant la porte de la cuisine.

Patricia n'eut pas le temps d'ouvrir la bouche.

— C'est maman qui s'inquiète inutilement comme d'habitude pendant que Benjamin se moque gentiment d'elle, répondit Sophie en sautant au cou de son grand frère.

— Ah, ce n'est que cela ! Je suis rassuré mais doucement tu m'étouffes. En tout cas, ton ventre ne te gêne pas pour m'embrasser.

— C'est que je t'aime passionnément mon grand frère.

— Et nous, alors, « nous comptons pour du beurre ? » répliquèrent en chœur le reste de la famille.

Tout le monde éclata de rire devant l'air courroucé de Sophie qui n'aimait pas que l'on se moque d'elle. Patricia coupa court aux boutades des uns et des autres en leur proposant de passer à table. Le chèvrefeuille attirait quelques guêpes inopportunes que Paul tua, d'un revers de main, avec la tapette à mouches. Les rayons du soleil bien qu'aveuglants n'arrivaient pas à franchir l'épais feuillage de cette plante grimpante presque trentenaire. Le repas se déroula donc à l'ombre et à l'abri des regards. Sam et Bella assis sur leur arrière-train attendaient patiemment qu'on leur donne à manger.

— Dis, maman, la jolie maison moderne d'à côté va être enfin habitée, annonça Claude fier de son effet de surprise.

Patricia se mit à rougir. Sa gêne perceptible fut remarquée par tous et elle dut s'en expliquer.

— Je suis au courant. Le futur locataire est venu se présenter à la maison et, je l'ai invité à venir boire le café mardi pour faire plus ample connaissance. Il m'a fait très bonne impression.

— Oh, la vilaine cachottière ! constata Paul un sourire malicieux sur les lèvres. Elle veut tout savoir de nos vies et ne nous dit rien quand il s'agit de la sienne.

Sa mère ne répondit pas mais poursuivit en interrogeant Claude.

— Comment l'as-tu su ?

— En buvant un café chez la propriétaire. Elle est très bavarde et m'a mis au courant lorsqu'elle est venue récupérer son devis.

— C'est très bien pour maman. Elle se sentira moins seule et s'en fera peut-être même un ami, conclut Sophie. Regardez donc ces deux fripons ! Ils vont finir par tomber dans la piscine à se courir après comme ils font.

— Sam, au pied ! cria son maître sur un ton péremptoire.

Bella, craintive, vint se blottir toute tremblante contre la jambe de sa maîtresse. Son compagnon de jeu la suivit à fond de train croyant qu'elle voulait s'amuser à nouveau. C'est à ce moment précis que Paul attrapa Sam par son collier et l'attacha à la table.

— Au moins, tu ne feras pas de bêtises pendant que je vais plonger dans la piscine. Qui vient avec moi ?

— Moi, moi ! répondirent en chœur toutes les voix masculines.

— Évidemment, ce sont toujours les femmes qui débarrassent mais vous ne perdez rien pour attendre ! claironna Sophie à l'adresse de son mari et de ses frères.

— Attends, Soso, je vais te donner un coup de main, insista Benjamin en la suivant tout penaud.

— Non, je plaisantais. Va t'amuser avec eux ! Nous vous rejoindrons après.

Il l'embrassa affectueusement, avant de déclarer à Paul et à Claude déjà dans la piscine que les hommes seraient de corvée de vaisselle ce soir.

— Espèce de traître ! crièrent les deux frères en l'éclaboussant !

— Attendez que je me change et vous allez voir ; ma vengeance va être terrible !

La journée se passa ainsi à musarder. Sophie alla se reposer un peu dans son ancienne chambre, pendant que Katia et Patricia se prélassèrent au soleil sur des chaises longues à l'écart des éclaboussures. Claude s'éclipsa et en profita pour les prendre en photo sur son smartphone dernier cri. Il jubilait :

— J'ai réussi à photographier Katia et maman endormies. Regardez les gars, les couleurs sont aussi vraies que nature ! C'est un vrai petit bijou ce nouveau portable. Qu'attends-tu, Paul, pour changer ton vieux mobile ?

— Que tu m'en paies un autre, frérot. Mon vieux smartphone fonctionne encore.

— Ah, je te reconnais bien là avec ton pragmatisme habituel !

— Eh, les gars ! Si on faisait une partie de foot ? suggéra Benjamin. Patricia et Katia veulent bien se joindre à nous. Sophie préfère rester à la maison.

— O.K. mais je laisse Sam à la maison, annonça Paul.

Un petit vent frais venait de se lever, et la petite troupe, guillerette, prit le chemin du terrain de football. Sophie agita la main tout en les regardant partir, amusée par cette ambiance décontractée qui régnait entre eux. Sa mère avait changé depuis la mort de leur père. Elle était plus détendue, plus souriante et commençait enfin à s'affirmer.

Sophie profita de ce moment de calme pour visiter toutes

les pièces de la maison. À l'étage, rien n'avait changé : la chambre des parents, vaste et lumineuse, conservait les mêmes meubles rustiques qu'avant ; seule la tapisserie avait été remplacée par de la peinture blanche ; la salle de bains était toujours en marbre blanc avec sa baignoire à bulles et sa douche à l'Italienne. Les trois autres chambres avaient conservé le même aspect que lorsque ses frères et elle y dormaient avec les posters de leurs idoles, collés au mur. Au rez-de-chaussée, la cloison qui séparait la cuisine de la salle à manger avait été abattue ; un bar imposant en granit trônait au milieu des deux pièces. Le bureau de leur père avait été, quant à lui, transformé en chambre d'amis avec un immense dressing et un coin douches.

Depuis quelque temps, Patricia faisait sans cesse des projets et avait même anticipé sur la naissance de ses futurs petits-enfants en transformant une partie du salon en salle de jeux. Sophie sourit à cette simple évocation ; sa mère agissait plus maintenant en maître d'œuvre qu'en maîtresse de maison. Elle envisageait même de faire couvrir la piscine pour pouvoir en profiter toute l'année. Que d'initiatives prises et de chemin parcouru depuis un an !

Des voix tirèrent Sophie de ses rêveries :

– Cette petite partie de foot a aiguisé mon appétit, déclara Patricia joyeusement. Êtes-vous d'accord pour dîner à l'intérieur car la température se rafraîchit ?

– Tes désirs sont des ordres, répondit Paul.

– J'ai préparé des salades, annonça Sophie en apparaissant, radieuse, dans l'entrebâillement de la porte de la cuisine.

– Parfait ! répondit Claude.

Le dîner se passa agréablement à commenter la partie de foot, à parler de layette et de travail. Puis, tout le monde se mit à jouer au Monopoly. Comme d'habitude, Claude remporta la victoire. Le ciel était, ce soir-là, constellé d'étoiles invitant à la contemplation et à la méditation. Cependant, tous les invités épuisés allèrent se coucher.

Patricia se leva sans faire de bruit pour ne réveiller personne. C'était le moment de la journée qu'elle préférait, assise devant son bol de café au lait fumant, Bella somnolant à côté d'elle dans son panier. Elle avait le temps de se préparer, avant le début de la messe. Elle était maintenant sereine et assumait enfin ses croyances religieuses. Ses enfants la respectaient trop pour se moquer d'elle ou pour lui faire une remarque déplacée. De toute façon, seul le jugement de Dieu comptait à ses yeux.

Elle partit alors que la maison était encore profondément endormie. Le temps avait changé : il pleuvait. Heureusement, elle n'avait que la route à traverser pour se rendre à l'église. Églantine était déjà là, sur son banc de prédilection, dévisageant les personnes qu'elle ne connaissait pas. Patricia s'installa à l'opposé pour ne pas croiser son regard.

Le prêtre, René, qui officiait était un petit homme bedonnant, affable, généreux, altruiste et très ouvert. Il connaissait bien ses paroissiens et avait toujours un mot gentil pour chacun d'entre eux. Malheureusement; il n'était plus très jeune et allait prendre une retraite bien méritée dans deux ans. C'est vers lui que Patricia se tournait ostensiblement en cachette, quand son mari la persécutait et qu'elle était sur le point de craquer. Avec des mots simples, il lui apportait du réconfort tout en l'invitant à puiser de nouvelles forces dans la foi.

Elle profita de ce moment de tranquillité pour prier. À la sortie de la messe, Patricia s'empressa de partir pour ne pas rencontrer sa voisine. Les invités étaient déjà tous réveillés et s'activaient en cuisine. Sam, qui avait dormi dans l'ancienne niche de Bella, avait eu l'autorisation de rentrer dans la maison à cause de la pluie. Il essayait de se faire oublier dans le hall.

— À l'apéro ! cria Paul tout en embrassant sa mère.

Les filles avaient mis le couvert pendant que les garçons cuisinaient. Le résultat fut à la hauteur de leur travail. Une pintade normande sur son lit de pommes paradait au beau milieu de la grande table en bois. Benjamin avait ouvert une bouteille de cidre brut pour accompagner ce plat onctueux. Et pour couronner le tout, Claude avait préparé la veille un tiramisu au café saupoudré de chocolat en poudre. Pendant tout le repas, la pluie redoubla d'intensité. Tout le monde partit aussitôt après le déjeuner, à l'exception de Claude et Katia qui aidèrent Patricia à ranger la cuisine. Après leur départ, elle passa le reste de la journée à lire.

Chapitre 5

Le camion de déménagement stoppa net devant la fenêtre ouverte de Patricia. Apparemment, le conducteur était perdu et cherchait son chemin. Il ouvrit sa vitre et l'interpella :

— Je cherche le numéro vingt et un depuis cinq minutes. Pourriez-vous m'indiquer où il se trouve, s'il vous plaît ?

— Bien entendu. Tournez à droite deux fois ; vous trouverez votre numéro à l'angle des deux rues. C'est une grande maison moderne avec un portail électrique noir. Vous ne pouvez pas vous tromper.

— Merci madame. Bonne journée.

Le soleil était revenu et une belle journée s'annonçait. Patricia, guillerette, aéra la maison, ouvrit toutes les fenêtres et fit sortir Bella. Sans prévenir, celle-ci se jeta directement sur le portail telle une furie. Sa maîtresse, sortit bien décidée à la corriger, sa baguette de saule à la main.

— Tu es devenue folle !

Arrivée près d'elle, Patricia se figea en reconnaissant Gérard Lesage. Il s'adressa au petit cocker, un sourire aux lèvres.

— Décidément, je ne te reviens toujours pas.

— Excusez la, elle n'est pas méchante ; elle prévient seulement pour m'avertir, répondit Patricia, ravie de revoir si vite son nouveau voisin.

— Je vois. Vous pouvez dormir tranquille.

— En effet.

Avec délicatesse, il sortit un bouquet de fleurs qu'il cachait derrière son dos et le tendit à Patricia.

— C'est mon cadeau en tant que nouveau voisin et pour vous remercier de m'offrir le café demain après-midi.

— Il ne fallait pas, c'est tout naturel entre nouveaux arrivants. L'hospitalité bretonne n'est pas un vain mot. Je vous souhaite donc un bon emménagement et, s'il vous manque quoi que ce soit, n'hésitez pas à venir me voir. À demain. Bonne journée et encore merci pour les fleurs.

Gérard la laissa là, pensive. Patricia le suivit des yeux jusqu'à ce qu'il disparaisse au coin de la rue. Son cœur battait à tout rompre dans sa poitrine, comme si cette entrevue avait éveillé en elle des émotions qu'elle n'avait pas ressenties depuis une éternité. Les bras ballants, la tête chavirée, elle mit les fleurs dans un joli vase en jade en évidence sur la table de la salle à manger. C'était un magnifique bouquet de tournesols aux longues tiges dont les pétales se tournaient ostensiblement vers la lumière du jour.

Cette journée commençait bien. Patricia décida de s'affairer en cuisine pour préparer une tarte au citron. Même si Gérard arrivait avec un gâteau le lendemain, elle lui offrirait le sien en guise de bienvenue. Contente de son idée, les mains dans la farine, elle se surprit à chantonner tout en jetant de fréquents regards vers le portail. Une ombre se profila dans le jardin et elle reconnut immédiatement son amie Christine.

— Y a-t-il quelqu'un dans cette maison ? cria celle-ci sur le pas de la porte.

— Oui, je suis là.

La visiteuse entra dans la cuisine puis s'arrêta, suspicieuse.

— Que se passe-t-il ici ? Le portail n'est même pas fermé à clef. Aurais-tu perdu la raison ?

— J'ai tout simplement oublié de le faire.

— Ah, bon ! C'est pour moi cette belle tarte ?

— Non, je suis désolée. C'est pour mon nouveau voisin.

— Je comprends tout. Peut-être auras-tu le temps d'offrir un café à ton humble visiteuse ?

— Naturellement ! Que tu peux être susceptible parfois ! ajouta Patricia en haussant les épaules.

Très curieuse, Christine questionna sans relâche son amie sur le déroulement du week-end. Mue par un pressentiment, elle lui fit remarquer qu'elle était rayonnante et que les fleurs sur la table donnaient de l'éclat à son visage. Son amie lui sourit.

— On ne peut rien te cacher.

Patricia lui raconta de long en large sa rencontre matinale avec son voisin.

— Eh bien, il s'en passe des choses ici quand je ne suis pas là ! Je viens de croiser un monsieur à l'allure sportive en jean et tee-shirt bleus, près de chez toi. Il m'a gratifiée d'un charmant sourire. Est-ce lui ?

— Absolument. Alors, comment le trouves-tu ?

— C'est un beau spécimen ! Mais à voir ! Peut-être un peu vieux pour moi ; je n'ai toujours pas fait ma crise de la quarantaine.

— Peux-tu être sérieuse deux minutes ?

— Dans une autre vie. Tu sais bien que j'aime mon mari. Jamais je ne pourrais le tromper, enfin, pas aujourd'hui puisque je suis là.

Elles éclatèrent de rire si fort que Bella se mit à leur sauter dessus. Patricia dut la rassurer en la prenant dans ses bras pour la calmer.

— Crois-tu que ce soit la place d'un chien ? la sermonna Christine. Bella n'est pas une enfant.

— Que veux-tu ? Je suis complètement accro de cette chienne depuis que je suis seule. Elle comble le vide de cette maison et me tient compagnie.

— Je comprends mais ça reste tout de même un animal.

Patricia coupa court à la conversation et changea de sujet.

— Alors pas de regrets d'être en vacances ?

— Tu délires ou pas ? À moi, la liberté ! Dis, tu es toujours d'accord pour venir avec moi passer quelques jours en Espagne la première semaine d'août ?

— Bien sûr si tu t'occupes de tout ?

— Pas de problème. Tu peux dormir sur tes deux oreilles.

— J'aimerais bien mais ce n'est pas le cas en ce moment.

Christine savait malheureusement à quoi faisait allusion son amie. Depuis un an, elle était en proie à des cauchemars qui hantaient ses nuits. Elle revivait, par flash, les actes de violence psychologique que son mari lui faisait endurer au quotidien, sous des prétextes futiles. Jamais il n'avait porté la main sur elle mais il avait réussi, petit à petit, à la déstabiliser. Elle était terrorisée : une parole, un mouvement précipité de la part de Jacques enclenchaient chez elle des mécanismes de peur. Il l'observait alors en silence, appréhendait la moindre de ses réactions et commençait à distiller son venin. Il était passé maître dans l'art des petites phrases assassines : « ma pauvre fille ! Tu n'es vraiment pas douée ! Comment ai-je pu t'épouser ? Quelle bécasse ! »

Pour la faire souffrir davantage, il vantait les mérites de sa secrétaire ou d'une amie qu'ils avaient en commun en la regardant d'un air narquois et méprisant. Patricia était devenue sa chose. Dans l'intimité, il l'obligeait souvent à se dévêtir lentement comme une strip-teaseuse professionnelle et, malgré les larmes silencieuses qui coulaient le long de ses joues, il se délectait du spectacle, un sourire aux lèvres, pour ensuite « la monter » - c'était son expression favorite - ou lui dire, d'un ton tranchant, qu'elle pouvait se rhabiller car elle lui avait coupé tout envie avec ses airs de sainte nitouche. Elle était totalement phagocytée par cet homme mais elle se rassurait quelque part en se disant qu'il était un père exemplaire. Jamais ses enfants n'avaient soupçonné le calvaire qu'endurait leur mère, une fois la porte de leur chambre refermée. Le reste du temps, il se comportait en mari parfait.

– Si tu as besoin de parler, je suis là. Surtout n'hésite pas ! répondit Christine.

– Je sais mais ça passera avec le temps. Ne t'en fais pas ! De toute façon, il fait beau aujourd'hui. Je vais chez le coiffeur, cet après-midi. Donc, tout va bien.

– Bon, je te laisse.

Les deux amies s'embrassèrent tendrement et Patricia raccompagna Christine jusqu'au portail.

Chapitre 6

Gérard déballait les cartons les uns après les autres tout en surveillant du coin de l'œil les déménageurs. C'était un homme pointilleux qui aimait les choses bien faites. Cette maison moderne de plain-pied était immense. Les deux pièces en enfilade - le salon puis la salle à manger - mesuraient au moins soixante mètres carrés. Il allait devoir s'acheter rapidement du mobilier s'il voulait meubler tout cet espace.

De grandes portes fenêtres laissaient entrer la lumière du jour qui se réfléchissait dans les deux immenses miroirs fixés au mur dans chaque pièce. Au bout de la salle à manger, il fallait descendre une marche pour accéder à la cuisine équipée dont le plan de travail était en granit rose. Quant aux deux chambres, elles se trouvaient situées à droite du hall d'entrée avec vue sur la rue principale. Gérard pourrait ainsi voir sa nouvelle voisine quand celle-ci serait occupée dans son jardin.

Cette idée le fit sourire et il jeta un coup d'œil pour voir s'il l'apercevait en ce début d'après-midi. Mais rien ne bougeait ; seule la petite chienne faisait des va-et-vient entre la porte d'entrée et le portail. Patricia devait sans doute être sortie mais pour aller où ? Gérard se gratta la tête, perplexe. Puis, il se remit au travail quand l'un des déménageurs l'interpella :

— Où dois-je mettre le sèche-linge ?

— Dans le garage. Attendez, je vous ouvre la porte.

Gérard venait d'acheter une nouvelle BM. Il était très matérialiste et une seule rayure, sur la carrosserie de son véhicule neuf, pouvait le mettre hors de lui. Une fois seul, il se mit à ranger la cuisine puis sa chambre et la salle de bains. Au bout de quelques heures, exténué, il sortit prendre l'air dans le jardin. Cette journée, sous une chaleur écrasante, avait été éprouvante et ravivait de douloureux souvenirs.

Sa mère était décédée d'un cancer des os, il y a vingt-deux ans, en pleine canicule. Les rares amis qu'il avait étaient restés à Epinal. Heureusement, il avait une semaine de congé pour tout ranger et prendre ses marques. Il en profita donc pour découvrir le centre-ville.

En ce début de vacances, il croisa quelques collégiens un peu bruyants, des personnes âgées faisant leurs courses et un couple d'amoureux avec leurs valises. Il les suivit par curiosité et arriva tout droit à la gare. Il en profita pour consulter les horaires affichés à l'intérieur. Il constata avec plaisir qu'il pourrait prendre le train de Rennes, tous les jours, pour se rendre à son travail. C'était une chose positive : il ne perdrait pas de temps dans les bouchons. Financièrement, c'était également intéressant puisque ses frais de transport étaient remboursés par son entreprise. Il reprit donc le chemin du retour et, en passant devant la devanture d'un coiffeur, crut reconnaître sa voisine sous un casque. Un large sourire illumina son visage.

Il s'empressa d'aller acheter quelques ingrédients au supermarché pour préparer son dessert préféré : une tarte aux fraises. Il espérait qu'elle apprécierait son gâteau tout en sympathisant. Il était plongé dans ses réflexions, quand il se trouva nez à nez avec Églantine. Postée derrière sa fenêtre, elle avait surveillé les allées et venues des déménageurs. Elle ne voulait pas se faire évincer par Patricia et tenait à se présenter au nouveau locataire pour en apprendre davantage sur lui. Malheureusement, Gérard ne lui accorda que quelques minutes devant son portail.

Elle engagea la conversation rapidement.

— Votre nouvelle maison vous plaît ?

— Oui.

— Vous savez, je connais votre propriétaire. C'est une personne très gentille. Si vous avez besoin de quelque chose, n'hésitez pas à venir me voir. J'habite au vingt-deux.

— Je n'y manquerai pas. Merci.

— C'est tout naturel entre voisins mais méfiez-vous...

Églantine, tout en s'épongeant le front, commença à critiquer son voisin du dessus. Gérard coupa court à ses remarques acerbes en lui donnant une poignée de main.

— Je suis désolé mais je suis un peu fatigué. À bientôt.

Sa voisine, dépitée, lui souhaita une bonne soirée et, vexée par son manque d'intérêt, lui tourna le dos. Puis, Gérard se prépara un sandwich. Il alluma la télévision mais, éreinté, finit par s'endormir dans son fauteuil. Il se réveilla courbaturé le lendemain matin, la bouche pâteuse, l'air hagard. Toutefois, il reprit bien vite ses esprits : Patricia l'attendait en début d'après-midi. Il n'était donc pas question de flâner.

Sa voisine, quant à elle, avait revêtu sa robe bleue qui mettait en valeur ses formes harmonieuses et ses jambes tout en faisant ressortir ses yeux vert amande et ses cheveux châtains. De taille moyenne, elle portait souvent des escarpins ou des chaussures à talons. Sa nouvelle coupe asymétrique épousait parfaitement l'ovale de son visage aux traits fins. Quelques mèches blondes disséminées donnaient de l'éclat à sa chevelure. Elle était fraîche avec une peau de pêche, peu ridée bien que la vie, jusqu'à présent, ne l'eût pas épargnée. Le temps semblait avoir glissé sur elle comme pour la dédouaner de son infortune.

La matinée lui parut longue. Elle se préparait mentalement, depuis des heures, à recevoir son nouveau voisin. Elle refusait de céder à la panique et se rassurait en se disant qu'ils trouveraient certainement un sujet de conversation tout en buvant le café. Bella sentait sa maîtresse fébrile et ne la quittait pas d'une semelle. Patricia n'osait pas sortir dans le jardin de peur que sa chienne ne se mette à aboyer. Elle ne voulait pas attirer l'attention sur elle.

À la campagne, les gens avaient vite fait de vous épier et de colporter des rumeurs plus ou moins fondées. La comtoise de la salle à manger se mit à sonner deux heures en même temps que l'interphone. Elle jeta un coup d'œil par la fenêtre de la salle à manger et reconnut son voisin habillé avec élégance. Elle appuya sur le bouton situé dans le hall d'entrée puis sortit sur le perron. Le portail s'ouvrit automatiquement et, d'un pas alerte, Gérard la rejoignit, lui donna une poignée de main pendant que, de l'autre, il lui offrit sa tarte aux fraises. Patricia s'exclama :

— Mon péché mignon mais il ne fallait pas, j'ai moi-même préparé une tarte au citron !

— Ce n'est pas grave. S'il en reste, vous viendrez la finir chez moi. Nous en profiterons pour faire plus ample connaissance.

À ces mots, Patricia se mit à rougir et, gênée, lui tourna le dos Puis mue par un remords, elle lui fit face à nouveau.

— Au fait, désirez-vous prendre le café sur la terrasse ou à l'intérieur ?

— Comme il vous plaira.

— Alors, entrons ! Il fait plus frais à l'intérieur.

Gérard la suivit tout en l'observant attentivement. Une odeur de parfum vanillé ajoutait une note sucrée dans la salle à manger et dans la cuisine. La grande pièce était meublée avec goût et entretenue soigneusement. Un magnifique lustre en cristal vibrait légèrement au-dessus de leur tête comme pour fêter l'événement. Par la fenêtre ouverte, Gérard apercevait le chèvrefeuille de la pergola qui embaumait et ondoyait, sous l'emprise d'une brise légère. Quelques gerberas dressaient fièrement leurs pétales. Patricia interrompit son voisin dans sa contemplation en lui proposant une part de tarte au citron.

— Je constate que vous aimez la nature, fit remarquer Gérard en pointant son index vers le jardin.

— En effet, les fleurs, les arbres me procurent un sentiment de quiétude. J'aime travailler la terre, manger les produits de mon potager. Je suis un peu comme une abeille butineuse à la recherche du nectar.

— Une belle métaphore ! Nous avons donc le même centre d'intérêt. J'en suis ravi. Sinon, que faites-vous dans la vie ?

Patricia balbutia prise en flagrant délit d'oisiveté.

— J'ai un diplôme d'infirmière, mais mon défunt mari qui était architecte n'a jamais voulu que je travaille. Il préférait que je reste au foyer pour m'occuper de nos trois enfants.

— Noble activité et saine occupation.

Mise en confiance, Patricia se livra petit à petit en lui parlant de ses enfants et de leur situation matérielle. On aurait dit de vieux amis conversant sur des sujets très divers. Gérard l'écoutait parler, se raconter, se dévoiler sans jamais l'interrompre. Au contraire, il avait toujours un mot élogieux à son égard si bien qu'au bout d'une heure Patricia fut conquise par cet homme patient, calme et attentif au moindre de ses faits et gestes.

— À votre tour de me parler de vous ! l'exhorta Patricia.

Gérard la regarda tendrement puis éluda la question en se levant pour prendre congé de son hôtesse.

— J'ai passé une heure agréable en votre compagnie mais je dois m'en aller. Nous serons certainement amenés à nous revoir, ne serait-ce que pour déguster ensemble cette succulente tarte aux fraises. Je vous donne mon numéro de portable au cas où vous auriez besoin de me contacter.

Seriez-vous libre mercredi ? J'aurai déjà bien avancé dans mon rangement.

Il ne lui laissa pas le temps de répondre, lui prit tendrement sa main, y déposa un baiser et la remercia pour son accueil chaleureux. Prise au dépourvu, Patricia acquiesça du bout des lèvres. Le cœur chaviré, il ne lui vint même pas à l'esprit de le raccompagner jusqu'au portail. Elle resta quelques minutes sur le perron à le regarder s'en aller sans bouger, lorsque soudain elle se mit à lui courir après en l'appelant par son prénom.

— Gérard, excusez-moi, j'ai oublié de vous donner mon numéro de portable.

Son voisin fit volte-face, un sourire espiègle au coin des lèvres.

— Avec grand plaisir, Patricia.

Perdue dans ses pensées, elle le suivit du regard. Au bout d'un an à chasser et à oublier les fantômes de son passé, elle avait complètement oublié que le destin pouvait à nouveau lui sourire. Cette nuit-là, elle ne ferma pas le portail à clef de peur que cet instant merveilleux ne s'estompe à tout jamais.

Chapitre 7

À peine rentré chez lui, Gérard sortit son portable de sa poche et envoya un SMS à sa voisine.

J'ai passé un agréable moment en votre compagnie et je tiens à vous remercier.

Cette femme était séduisante, veuve et riche ce qui ne gâchait rien. Pendant cette heure passée en sa présence, il avait ressenti chez elle ce besoin inextinguible de parler et d'être écoutée. Inconsciemment, il sentait une fragilité, une blessure profonde infligée sans doute dans sa plus tendre enfance. Dans tous les cas, sa voisine ne tarderait pas à lui en parler. Il voulait à tout prix continuer cette relation à peine ébauchée. Il prendrait le temps qu'il faudrait pour la percer à jour à force de questions, de persuasion et de valorisation. Soudain, son iPhone retentit. Patricia venait de répondre à son SMS.

Merci pour votre message qui me touche beaucoup. Ce fut réciproque. À mercredi.

Il se frotta les mains tout en se regardant dans le miroir en face de lui. Il était très fier de ses muscles saillants que l'on devinait sous sa chemise blanche, de ses yeux bleu azur et de ses cheveux bouclés. Toutes les femmes s'extasiaient devant sa beauté que la quarantaine n'avait pas altérée. Il embrassa le miroir et se remit au travail en sifflotant.

Entre-temps, Patricia prit sa voiture garée devant chez elle pour se rendre, chez sa fille, à Fougères. Sophie était de repos et sa mère désirait passer l'après-midi avec elle, le soleil dardait ses rayons dans un ciel d'un bleu immaculé. La route jusqu'à Fougères lui parut plus courte que d'habitude. Pendant tout le trajet, elle ne fit pas attention à sa conduite, sans cesse occupée à se repasser en boucle l'entretien avec son voisin et à se remémorer l'instant magique de ce chaste baiser sur sa main. Sophie qui se reposait sur sa terrasse, à l'ombre d'un parasol, se leva en voyant arriver sa mère. Elle ne put s'empêcher de siffler en la voyant sortir si fringante de sa voiture.

– Que tu es séduisante dans cette petite robe bleue ! Ta nouvelle coupe te va à merveille.

Patricia passa la main dans ses cheveux puis esquissa un pas de danse devant les yeux ébahis de sa fille.

– Que t'arrive-t-il, maman ? Je ne t'ai jamais vue dans cet état.

– Je crois que je suis en train de tomber amoureuse de mon voisin, répondit-elle un sourire malicieux au coin des lèvres.

– Ah, c'est donc cela qui te rend si enjouée ! Je comprends mieux maintenant. Viens t'asseoir et raconte-moi.

Elle s'empressa de lui servir un verre de jus d'orange et attendit patiemment que Patricia lui commente les instants merveilleux qu'elle venait de vivre. Sa fille avait hâte de l'écouter car, enfant, elle se doutait que sa mère était malheureuse avec son père. Sophie remarquait souvent ses yeux rougis et sa grande lassitude, le matin au réveil. Curieuse de nature et intuitive, elle percevait un malaise dans le couple mais ne pouvait pas l'expliquer. À chaque fois qu'adolescente elle essayait d'aborder le problème, Patricia se murait dans un silence absolu ou se forçait à rire pour balayer, d'un revers de main, les angoisses de sa fille. Mais Sophie n'était pas dupe ! Sa mère s'accrochait désespérément à ses enfants comme à une bouée de sauvetage, ce qui n'était pas un comportement d'épouse heureuse et épanouie. Les rares fois où elle l'avait vue sourire, se lâcher, c'était quand son père partait plusieurs jours en déplacement. Alors, Patricia redevenait une maman souriante et détendue.

Leur père avait une telle emprise sur leur mère que celle-ci n'osait pas se rebeller, si bien que Sophie s'était construite péniblement cherchant à tout prix à s'émanciper du joug de son père. Elle avait également appris à se méfier des autres hommes, en mettant le reste de ses forces à vouloir sauver l'humanité tout entière. Devenue adulte, elle avait pris l'habitude de protéger sa mère voire de la materner comme une petite fille. Depuis la mort de leur père, ses frères et elle continuaient à veiller sur elle, à l'aider et à lui éviter la moindre contrariété. Cependant, depuis un an, Patricia avait pris davantage d'assurance et semblait revivre pour le plus grand plaisir de ses enfants. Si elle rencontrait enfin l'amour, Sophie ne pouvait que l'inciter à persévérer. Prudente, elle l'exhorta néanmoins à prendre son temps. Patricia, étonnée, la questionna.

— De quoi as-tu peur, ma chérie ?

— De rien, maman mais je ne tiens pas à ce que tu te jettes au cou du premier venu parce qu'il te couvre de petites attentions ou, parce que tu veux échapper à la solitude. Apprends à le connaître. N'hésite pas à te confier à Christine ! Elle est toujours de bon conseil.

— Je serai prudente, je te le promets mais, pour l'instant, je te demande de ne pas en parler à tes frères. Je le ferai moi-même plus tard.

— Bien sûr, maman.

— Changeons de sujet ! Quand seras-tu enfin en congé de maternité ?

— Début septembre. L'accouchement est prévu le vingt novembre.

— Parfait. Veux-tu que nous fassions les boutiques de puériculture ensemble cet après-midi ?

— Oui, pourquoi pas ? Allez, en route ! Tu m'emmènes ?

— O.K.

Patricia prit le chemin du centre-ville de Fougères et conduisit, cette fois-ci, prudemment évitant les secousses qui auraient pu nuire à sa fille et au fœtus. Il faisait déjà moins chaud, les nuages commençaient progressivement à faire leur apparition dans le ciel et le vent venait de se lever. La journée de demain ne sera pas si belle, songea Sophie. Comme par mimétisme, sa mère lui fit écho.

— Le temps se gâte. J'ai bien peur qu'il fasse mauvais demain.

— Peu importe puisque tu ne travailles pas et...

Patricia acheva sa phrase à sa place, un sourire au coin des lèvres.

— Que maintenant, il fera beau tous les jours puisque l'amour est enfin au rendez-vous.

— Je ne te connaissais pas des talents de poète. Tu m'étonnes de jour en jour.

— En bien, j'espère ?

— Évidemment.

Sophie embrassa affectueusement sa mère. Puis, elles entrèrent dans un magasin spécialisé pour nourrissons et ressortirent, une heure après, les bras chargés de vêtements, d'une table à langer et de jeux d'éveil sans oublier l'indispensable doudou. Elles rentrèrent ensuite à la maison car Sophie commençait à avoir mal aux jambes. Patricia aida sa fille à ranger tous ses achats dans la commode du futur bébé et prit congé en promettant de revenir la voir rapidement.

Chapitre 8

Deux jours après son installation, un homme avec beaucoup de prestance se présenta chez monsieur Lesage avec une mallette à la main. Depuis le début de la matinée, ce dernier l'attendait de pied ferme car il avait été prévenu de sa visite par son ancienne communauté d'Épinal. Il le fit entrer rapidement en jetant un coup d'œil furtif sur la route. Visiblement, les deux personnes ne se connaissaient pas.

Après les présentations d'usage, le visiteur, d'âge mûr, sortit plusieurs revues de son cartable en cuir pour les donner à Gérard. Il lui conseilla de faire du porte-à-porte pour les vendre et pour recruter de nouveaux adeptes. Celui-ci acquiesça et s'empressa de les ranger dans le tiroir de son bureau. Tout en l'attendant, son hôte scruta la pièce dans laquelle il se trouvait puis, avec un soupir de satisfaction, s'assit dans le canapé sans attendre d'y être convié. Puis il passa une main dans ses cheveux poivre et sel, toussa pour s'éclaircir la voix et prit à nouveau la parole. Gérard était debout, les yeux rivés sur son interlocuteur.

— Je constate avec plaisir que vous êtes bien installé. Aurez-vous un peu de temps, ce week-end, à consacrer à la communauté ? Nous avons besoin de fabriquer un appentis pour ranger les outils de jardinage. Vous sentez vous capable de faire un peu de maçonnerie ? Vous aurez de l'aide, bien entendu.

Gérard, souriant, lui répondit qu'il pouvait compter sur lui. L'inconnu se leva, alors, satisfait, et lui donna l'adresse du rendez-vous en lui indiquant les coordonnées du GPS. Il lui donna, ensuite, une poignée de main énergique et lui souhaita une bonne journée. Gérard le regarda partir sans pouvoir détacher son regard de cet homme pressé et très énigmatique. Dans quelques jours, il en saurait de toute façon davantage sur cet inconnu.

Par intermittence, des bruits étouffés lui parvenaient de la place des halles jusqu'à chez lui. Il sortit dans la rue et constata que c'était le jour du marché. Une petite pluie mouillait très légèrement les étals sans faire fuir les badauds habitués - semble-t-il - au crachin breton. En Bretagne, le soleil jouait souvent à cache-cache avec les nuages. Il regarda autour de lui et remarqua qu'il s'agissait d'un petit marché avec essentiellement des producteurs locaux. Son regard fut aussitôt attiré par une femme dont les formes lui parurent familières et qui attendait patiemment devant un « Food truck. » Il était presque certain qu'il s'agissait de sa voisine. Un homme âgé aux cheveux clairsemés était en train de la servir.

— Madame Balard, voici vos deux galettes à emporter. Elles sont toutes chaudes.

— Merci beaucoup. À la semaine prochaine.

Puis Patricia se retourna, son paquet sous le bras. Elle se trouva nez à nez avec Gérard. Surprise, elle faillit lâcher ses galettes mais les rattrapa juste à temps.

— Bonjour. Vous venez souvent ici ?

— Oui, je vais régulièrement au marché.

Sans prévenir, il s'approcha d'elle, l'embrassa affectueusement puis enchaîna.

— Je crois que je vais également acheter des galettes pour déjeuner et, si j'osais, je vous inviterais même à venir les manger chez moi. Nous pourrions déguster ma magnifique tarte aux fraises et réunir nos deux solitudes autour d'une table avec une bonne bouteille de cidre. C'est une boisson typiquement bretonne, il me semble ? Qu'en pensez-vous ?

Patricia hésita par pure convenance mais accepta l'invitation. Les évènements se précipitaient ce qui n'était pas pour lui déplaire. Elle attendit patiemment que Gérard fasse le tour du marché puis, ils prirent le chemin du retour tout en discutant de la pluie et du beau temps. Le soleil avait fait enfin son apparition et réchauffait un peu l'atmosphère. En entrant dans le hall, Gérard, prévenant, prit l'imperméable de Patricia et l'accrocha au porte-manteau. C'était la première fois qu'elle découvrait l'intérieur de sa maison. Il lui fit faire le tour du propriétaire puis, affublé d'un tablier gris et d'une toque, se mit au fourneau. Patricia, en le voyant ainsi affublé, éclata de rire. Qu'il était drôle dans cet accoutrement ! Elle n'avait pas ri comme ça depuis si longtemps. Puis, il redevint sérieux et déclara en la regardant droit dans les yeux.

— Nous avons un problème tous les deux.

Inquiète, Patricia fronça les sourcils mais il ne lui laissa pas le temps de répondre et enchaîna.

— Qu'est-ce qui nous empêche de nous tutoyer maintenant que nous sommes amis ?

Elle poussa un soupir de soulagement et accepta entre deux fous-rires. Tout le déjeuner se passa à blaguer. Gérard, à la fin du repas, changea d'attitude et devint insistant. Il la questionna sans interruption sur son passé, les relations qu'elle entretenait avec son mari... Il voulait tout savoir d'elle, tout connaître de sa vie. Plusieurs fois, il hocha la tête quand elle lui dévoila, les yeux noyés de larmes, les souffrances qu'elle endurait au quotidien avec Jacques.

Elle n'avait jamais raconté cela à personne pas même à ses enfants de peur de les faire souffrir. Elle tenait à ce qu'ils gardent une bonne opinion de leur père. Mais cet homme, en face d'elle, lui inspirait confiance. Pourtant, elle le connaissait depuis peu. Gérard, comme s'il lisait dans ses pensées, se leva de table, s'approcha d'elle, lui essuya les yeux délicatement avec un mouchoir, se pencha sur ses lèvres et l'embrassa passionnément. Patricia l'entendit murmurer à son oreille.

– Je saurai te faire oublier tout le mal qu'il t'a fait.

Elle se laissa aller entre ses bras, bercée par ces mots doux et lui rendit son baiser. Au même moment, son portable se mit à retentir. Elle s'excusa puis s'extirpa avec regret des bras de Gérard. C'était son gendre. Il était devant chez elle.

– J'arrive tout de suite. Je suis chez le voisin. Attends-moi !

– O.K.

– Je suis désolée, Gérard, mais je dois te quitter malheureusement. Ce repas fut merveilleux, et tout le reste…

Il ne la laissa pas finir et l'embrassa, une nouvelle fois, sur la bouche.

– Va, mon amour, mais reviens vite ! Le temps sans toi me paraît si long.

Émue, elle enfila son imperméable rapidement car la pluie tombait à nouveau. Gérard la regarda partir à contrecœur. Patricia se mit à courir et ouvrit le portillon à Benjamin qui attendait patiemment sous un grand parapluie. Elle se dépêcha de le faire entrer.

– Tu ne travailles pas aujourd'hui ? s'enquit-elle.

– non. J'avais un colloque à Rennes. François s'occupe de la pharmacie. J'en ai donc profité pour venir te voir et t'annoncer une bonne nouvelle.

– Ah, je suis rassurée ! J'ai eu peur qu'il soit arrivé quelque chose à Sophie.

– Arrête donc de te tourmenter pour rien. De toute façon, elle va anticiper son congé de maternité ; elle est épuisée.

— Elle est enfin devenue raisonnable mais je sais que tu y es pour quelque chose ; je te remercie.

— C'est une vraie tête de mule, ta fille !

— Oui mais elle t'écoute un peu plus que moi, c'est ce qui compte. Y-a-t-il beaucoup de malades à la pharmacie en ce moment ?

— Non, c'est calme et pourtant nous ne sommes pas encore au mois de juillet. Dis donc, ta nouvelle coupe de cheveux te va très bien.

— Merci, Benjamin. Sophie t'a expliqué pour Gérard ?

— Oui, je suis au courant et je suis content pour toi. Je vais devoir te laisser : il est tard. À bientôt.

— Tu ne prends rien ?

— Non, je te remercie.

Au même moment, Patricia entendit sa messagerie sonner. Elle embrassa rapidement Benjamin et se précipita sur son portable resté sur la table de la salle à manger. Elle prit connaissance du texto de Gérard avec fébrilité.

— *Rejoins-moi dès que tu es libre. Je ne pense plus qu'à toi. Je suis incapable de travailler aujourd'hui.*

Patricia répondit aussitôt.

— *Maintenant ?*

— *Oui mon amour.*

Elle rangea son téléphone dans sa poche et courut rejoindre l'homme qui la réclamait de toute urgence. Il l'attendait au portail trépignant d'impatience. Sans se préoccuper des passants, il la souleva de terre et la porta, comme une jeune mariée, jusqu'à sa chambre. Patricia se laissa déshabiller et guider par ses mains expertes, pendant qu'il lui murmurait des mots doux au creux de son oreille. Elle lâcha prise et goûta au plaisir de la chair sans aucune retenue.

Elle ne le quitta qu'au crépuscule, fatiguée mais comblée. Les deux jours qui suivirent se passèrent comme ils avaient commencé : les deux amants, en proie à une passion débordante, passèrent tout leur temps à faire l'amour et quittèrent peu la chambre à coucher. Néanmoins, Patricia rentrait chez elle tous les soirs. Bella, tout excitée à l'idée de revoir sa maîtresse, lui faisait la fête.

Chapitre 9

Gérard sortit sa voiture du garage et prit la direction de M. Grâce à son GPS, il trouva facilement l'endroit que lui avait indiqué l'inconnu. C'était une splendide bâtisse, en pleine campagne, isolée avec tout autour un parc arboré de cinq hectares cachés par une haie de sapins. Plusieurs voitures étaient stationnées dans la cour et, malgré l'heure matinale, quelques personnes s'affairaient déjà dans le jardin pendant que d'autres entretenaient les allées.

Gérard s'avança puis frappa à la porte. Ce fut une femme entre deux âges, très affable, qui le reçut. Elle le fit entrer dans la salle de réception. L'inconnu était là, debout, s'adressant à plusieurs personnes qui l'écoutaient religieusement. Il s'interrompit en apercevant Gérard, le présenta au groupe et le mit en relation avec un homme jovial, de petite taille, au crâne chauve répondant au surnom de Momo. Celui-ci fit signe à Gérard de le suivre dans la cour et lui expliqua, en quelques mots, ce qu'ils devaient faire aujourd'hui. D'emblée, il le tutoya.

— Christian m'a dit que le travail manuel ne te faisait pas peur ?

— Non.

— Alors parfait ! Nous allons commencer par couler la dalle en béton tant qu'il ne fait pas trop chaud. Après on avisera. Tu es nouveau ici ?

— Oui. J'arrive d'Epinal mais je connais bien l'association, leur fonctionnement et leurs exigences. Je suis un membre actif depuis déjà plusieurs années et, dès que j'en ai l'occasion, je cours prêcher la bonne parole.

À ces mots, Momo éclata de rire.

— Ici, nous avons surtout besoin d'adeptes pour nous donner un coup de main.

Gérard, vexé, rétorqua.

— Je fais ce qu'il faut pour garder ma place auprès du groupe et le Karma est pour moi une réalité vitale.

— O.K. Ne t'emballe pas, je plaisantais !

— Ah bon, excuse-moi.

— Allez, au travail ! On nous observe.

Gérard se retourna. L'inconnu se dirigeait vers leur groupe à grands pas. Il s'adressa brièvement à eux deux.

— Pause-déjeuner à midi.

— Très bien.

— Bon courage. À tout à l'heure.

Il repartit ensuite prendre des nouvelles des autres personnes qui s'activaient bénévolement dans le centre pour l'entretenir. Il était responsable du bon fonctionnement de cette ruche active et bourdonnante. Gérard, intrigué par cet homme, questionna Momo.

— Sais-tu ce qu'il fait comme travail ?

— Monsieur Louis est dans la finance mais ne me demande pas en quoi consiste son job. Personne ne le sait vraiment. Ce que je sais, c'est qu'il est riche et qu'ici tout passe par lui. Regarde sa voiture qui est garé derrière la maison, tu comprendras vite à qui tu as affaire.

La matinée se passa à faire plus ample connaissance. Momo était quelqu'un de simple, sympathique et très altruiste. Il ne se prenait pas la tête avec les autres et fuyait les problèmes. Il venait au centre pour trouver un peu de chaleur humaine et pour échapper à la solitude. Depuis qu'il avait dix-sept ans, il travaillait comme maçon dans une grande entreprise de Rennes et le bâtiment représentait tout son univers.

Un jour, il avait été accosté sur un chantier par un

intérimaire qui lui avait parlé de fraternité entre les hommes, d'entraide, d'esprit familial et convivial. Ces mots l'avaient touché au plus profond de son être et il n'avait pas hésité à franchir le pas. Ici, il avait trouvé une famille, des gens simples dévoués corps et âme à la communauté et une ambiance bon enfant mais studieuse. Cette vie lui convenait.

La grosse cloche suspendue à la porte d'entrée se mit à retentir : c'était l'heure de déjeuner. Momo et Gérard rejoignirent les autres travailleurs dans l'immense salle à manger rustique. Chacun avait apporté son repas à réchauffer ou des sandwichs. Monsieur Louis avait disparu mais tous les adeptes présents bavardaient entre eux, autour de la grande table en chêne sur laquelle trônait un magnifique bouquet de fleurs. Les conversations allaient bon train et le repas se passa agréablement. Avant de repartir travailler, Gérard envoya un SMS à Patricia.

— *Bonjour, ma chérie, tu me manques. Que fais-tu demain ? Je t'embrasse partout.*

La réponse ne se fit pas attendre.

— *Je suis perdue sans toi. Je n'ai rien prévu demain. Tu me manques cruellement. Reviens-moi vite. Je t'aime.*

Gérard sourit, satisfait du message.

— *Parfait. Rejoins-moi à M demain matin. Je te présenterai à la communauté. Moi aussi je t'aime. Bonne fin de journée.*

— *O.K. À demain vers onze heures.*

Occupé, Gérard ne remarqua pas Momo qui arrivait à pas feutrés derrière lui. Ce dernier lui frappa sur l'épaule pour signaler que le béton commençait à durcir.

— J'arrive tout de suite. Laisse-moi deux minutes.

— Entendu.

L'après-midi se passa rapidement. Les deux hommes transpiraient à grosses gouttes mais le chantier avançait vite. Momo était très satisfait de leur travail. À chaque instant, Gérard se demandait ce que faisait Patricia, où elle était, avec qui ? S'il n'avait pas été obligé de suivre la cadence de son collègue, il l'aurait harcelée de SMS. Il voulait tout contrôler, tout connaître d'elle : ses failles, ses attentes... De toute façon, il lui offrirait un magnifique bouquet de fleurs qu'il achèterait demain à la communauté. Avec ce cadeau, il cherchait à lui plaire et participait financièrement au bon fonctionnement de la collectivité.

À Épinal, il payait régulièrement sa cotisation annuelle. De plus, Gérard ne comptait pas le temps passé à faire du porte-à-porte dans les Vosges pour transmettre les valeurs de sa communauté. Sans relâche, les adhérents en vantaient les mérites dans l'espoir d'un avenir meilleur sur cette terre et ici-bas. De même que les nouveaux adeptes juraient un dévouement fidèle et sans faille au service d'un ordre moral supérieur, incontesté. Certains se rendaient même en pèlerinage pour prouver la pureté de leur conviction. Soudain, une voix cristalline fit se retourner les deux hommes.

Une grande femme distinguée d'environ trente ans, au teint d'albâtre, tenait un livre dans les mains.

— Désolée de vous avoir fait peur, Messieurs.

Puis, elle s'adressa à Momo :

— Pourrez-vous, Maurice, lire un extrait de ce livre, à dix heures demain matin pendant la cérémonie ?

Momo, conscient de l'honneur qui lui était fait, bafouilla.

— Bien sûr. J'espère que je saurai être à la hauteur de la confiance que vous me témoignez.

Elle lui mit le livre broché entre les mains en souriant.

— Vous êtes un être pur. Ne doutez pas de vous puisque le maître vous a choisi. À demain, donc.

Elle tourna les talons, tel un sylphe, sur ses fines ballerines et Gérard, pensif, la regarda s'éloigner à regret. Momo l'observa du coin de l'œil et, amusé par le regard admirateur de son collègue, lui dévoila l'identité de la jeune femme avant que celui-ci ne lui pose la question.

Gérard, surpris, s'écria :

— C'est la femme de Monsieur Louis mais elle a au moins vingt ans de moins !

— Et alors, tu trouves quelque chose à redire ?

— Non, non, rien. Je constatais seulement.

— Bon, en tout cas, je ne sais pas pour toi mais pour moi la journée est finie. Je rentre à la maison. Encore merci pour ton aide. Tu dors sur place ?

— Oui car je travaille encore demain.

— Alors à dimanche, à l'office. Après, je te filerai un coup de main.

Gérard usé par cette journée de travail alla se coucher rapidement. Il était d'ailleurs, ce soir-là, le seul adepte à rester sur place. Avant de se mettre au lit, il eut quand même la force de prier et de lire à voix haute quelques passages de la bible.

Chapitre 10

Patricia retenait ses larmes de joie en relisant pour la énième fois les SMS que Gérard lui avait envoyés, la veille. Elle aurait voulu crier son bonheur au monde entier. Son cœur était sur le point d'exploser de joie. Après un petit déjeuner roboratif, elle mit beaucoup de soin à s'apprêter. La journée promettait d'être caniculaire. Elle prit un chapeau de paille à larges bords, chaussa de fines et hautes sandales en cuir et s'habilla avec une robe vaporeuse en soie de chez Chanel. Elle fit monter Bella à l'arrière de la voiture et démarra.

Guidée par son GPS, elle arriva sans difficulté au lieu de rendez-vous. Gérard l'attendait déjà de pied ferme dans la cour en faisant les cent pas, les mains derrière le dos. Il s'empressa de lui ouvrir la porte. Elle se jeta dans ses bras et lui offrit aussitôt ses lèvres. Le moment d'effusion passé, il lui fit faire le tour du propriétaire, Bella à ses côtés, tout en serrant des mains et en distribuant des sourires aux personnes déjà présentes sur le site. Patricia, intriguée, le harcela de questions :

— C'est très joli ici. Qui sont tous ces gens ?

— Des visiteurs qui consacrent un peu de temps comme moi à entretenir cette magnifique demeure.

— À qui appartient-elle ?

— À nous puisque je l'ai achetée avec plusieurs membres du groupe.

Pour éviter d'autres questions embarrassantes, Gérard changea de sujet et l'emmena visiter la chapelle attenante au bâtiment principal. Bella n'eut pas le droit de rentrer et

Patricia dut l'attacher à un piquet dans la cour. À l'intérieur, plusieurs femmes s'activaient déjà pour orner l'autel de bouquets tous plus beaux les uns que les autres. Patricia l'interrogea sur la raison de cette effervescence qu'elle sentait palpable en les regardant s'affairer.

– Il y a une messe dans quinze minutes. Si tu veux, tu peux y assister.

– Tu es merveilleux ! Comment as-tu deviné ? Je ne t'ai pourtant jamais parlé de mes convictions religieuses.

Il lui murmura à l'oreille.

– Je lis en toi comme dans un livre ouvert.

Touchée au plus profond d'elle-même, elle se colla contre lui et, main dans la main, ils allèrent s'asseoir sur le banc au second rang. Les gens commençaient à entrer discrètement, à l'intérieur de la chapelle. De l'encens brûlait et diffusait un parfum entêtant mélangé à celui des lis blancs posés au milieu de l'autel. Monsieur et Madame Louis arrivèrent au bras l'un de l'autre pour s'installer au premier rang. La cloche, à l'extérieur, se mit à retentir pendant quelques minutes rappelant à l'ordre les retardataires puis l'office commença.

Monsieur Louis adressa un petit mot de bienvenue tout en regardant en direction de Patricia et de Gérard. Un léger bruit se fit entendre dans le fond de la chapelle, lorsque Madame Louis invita Maurice à lire un extrait de la Bible. Rouge comme une pivoine, Momo se fraya un passage pour arriver jusqu'à l'autel et, ému jusqu'aux larmes, commença à lire d'une voix chevrotante. Au fur et à mesure, il prit de l'assurance et réussit à envoûter littéralement tous les fidèles réunis. Patricia jetait de temps en temps de petits coups d'œil furtifs à Gérard et au reste de l'assemblée qui, les mains jointes, semblaient complètement en communion avec le discours. Patricia trouvait tous ces gens très avenants et très respectueux ce qui n'était pas pour lui déplaire.

Au bout d'une heure, tout le monde sortit pour se diriger vers la salle à manger. Le matin même, Gérard était parti acheter des plats tout préparés. Le repas se passa dans une ambiance décontractée ; chacun ayant un mot gentil pour la nouvelle venue. Monsieur Louis, généreux, offrit plusieurs bonnes bouteilles de bordeaux. Puis, à la fin du repas, plusieurs personnes allèrent dans le salon pour écouter une jeune femme jouer de la lyre.

À ce moment-là, Gérard prit Patricia à part pour lui offrir un joli bouquet de fleurs. Puis, il lui expliqua qu'il devait travailler cet après-midi avec Momo mais qu'elle pouvait profiter du jardin en l'attendant. Patricia accepta de rester et partit écouter quelques morceaux de musique classique dans le salon. La petite pièce était comble. Il y régnait une telle intensité émotionnelle que certaines personnes pleuraient sans retenue, laissant leurs larmes couler le long de leurs joues. Patricia était elle-même subjuguée par la musique et par le talent de cette artiste virtuose. Elle en avait presque oublié Bella qui s'impatientait et pleurnichait sous la fenêtre. Elle s'éclipsa sur la pointe des pieds.

— Désolée, ma puce, mais je n'avais pas le choix. Viens ! Nous allons faire un tour toutes les deux dans le parc puisque Gérard nous a abandonnées.

Bella, heureuse de pouvoir enfin courir à sa guise, se frotta contre sa maîtresse. Patricia ajusta son chapeau et mit ses lunettes de soleil. Elle découvrit, au détour d'un chemin, d'immenses parterres de fleurs dans lesquelles plusieurs femmes sarclaient et coupaient le sécateur à la main. Elle ne s'attarda pas trop de peur de les déranger dans leur travail. Plus loin, des hommes courbés en deux binaient entre les légumes qui poussaient à profusion dans l'immense jardin de la propriété. De superbes arbres fruitiers remplis de fruits juteux jalonnaient son parcours.

Quelques personnes les cueillaient et les mettaient dans de grands paniers en osier. Patricia pressa le pas, gênée de voir que tous les regards convergeaient vers elle. Elle était la seule à ne pas travailler et à musarder dans le parc, habillée comme une citadine.

Elle s'apprêtait à faire demi-tour pour rejoindre sa voiture, quand Madame Louis l'aborda pour l'inviter à boire une coupe de champagne. C'était une femme autoritaire, habituée à ce qu'on lui obéisse. Pendant toute la durée de leur entretien, elle donna sans cesse des conseils aux femmes qui faisaient du ménage au rez-de-chaussée. Elle arborait toujours un sourire de circonstance qui mettait Patricia mal à l'aise. De surcroît, d'un naturel curieux, elle lui posa énormément de questions sur sa vie, ses croyances et poussa même l'indiscrétion jusqu'à l'interroger sur ses relations avec Gérard. C'était plus que Patricia ne pouvait en supporter et elle la quitta, au bout d'une demi-heure, soulagée, non sans l'avoir remerciée au préalable pour son invitation. Celle-ci, à sa grande surprise, l'embrassa sur les deux joues comme si elles étaient amies et l'exhorta à revenir autant de fois qu'elle le désirait. Puis, Patricia, fatiguée, rejoignit Gérard pour lui dire qu'elle partait.

Il était seul, assis sur une grosse pierre, les mains dans les poches de son bleu de travail, le regard perdu dans le vague. Il se retourna en entendant des pas derrière lui.

— Ah, c'est toi, ma chérie ! As-tu bien profité du parc ?

— Pas vraiment, Madame Louis est venue me chercher pour prendre une coupe de champagne.

— Tu lui as donc plu ! Je suis content mais je n'en doutais pas un seul instant.

Il se leva et l'enlaça. Dans la lumière du soleil, Patricia le trouva encore plus beau que d'habitude, malgré sa tenue de travail poussiéreuse. Il sentait la transpiration mais elle se blottit tout contre lui s'imprégnant de son odeur. Puis il relâcha son étreinte en s'excusant de ne pas être présentable.

—Maurice vient de partir ; nous venons seulement de finir la dalle. Il nous restera l'armature à faire, la semaine prochaine.

Malicieusement, elle l'interrogea en lui jetant un regard énamouré.

— Viendras-tu me rejoindre ce soir à la maison ?

— Quelle question ? Je me change et nous passerons la soirée ensemble à moins que tes enfants viennent te voir ?

— Non, il est trop tard. De toute façon, je ne vais pas te cacher éternellement. Ma fille est déjà au courant. Il faudra bien que je te présente un jour.

— Ce n'est pas pressé, tu sais.

— Si, si, j'y tiens !

— O.K. À tout de suite, alors.

— Dépêche-toi ! Tu me manques déjà.

Bella s'empressa de sauter dans la voiture de sa maîtresse qui ralluma son portable avant de prendre la route. Elle s'aperçut que Christine avait essayé de la joindre à plusieurs reprises en début d'après-midi. Elle la rappela aussitôt. Son amie décrocha au bout de plusieurs sonneries.

— Allô, Patricia, mais où étais-tu passée ?

— J'étais avec Gérard.

— Il n'y en a que pour lui maintenant. Puis-je passer te voir tout à l'heure ?

— Je serai à la maison dans trente minutes.

— O.K. À tout à l'heure. Bisous.

Patricia démarra, le cœur gai, contente de revoir son amie. Elle dut ouvrir un peu les fenêtres car le parfum des fleurs entêtait et lui donnait mal à la tête. Christine était déjà là depuis cinq minutes. Elle portait un pantacourt noir, des ballerines bleues et une tunique bariolée. Elle n'était pas très féminine et n'avait aucun goût pour s'habiller. Elle était grande, un peu ronde aussi cachait-elle ses formes sous des vêtements amples. Elle avait un beau visage poupon encadré par des cheveux bruns et bouclés. Patricia ouvrit son portail avec la télécommande pour garer sa voiture dans l'allée et descendit, son immense bouquet à la main.

— Bonjour, ma belle. Encore des fleurs mais tu les collectionnes en ce moment.

— Rentre au lieu de dire des bêtises, il fait trop chaud dehors.

Patricia se laissa tomber sur le fauteuil en cuir pendant que Christine ironisait.

— L'amour, ça use à ce que je vois.

— Assieds-toi donc à côté de moi ! Tu me donne le tournis.

— D'accord mais seulement si tu me racontes ta journée. Je veux tout savoir.

Son amie ne se fit pas prier. Christine l'écouta sans l'interrompre, hochant la tête de temps en temps.

— Quelle semaine trépidante ! gloussa Christine en faisant un clin d'œil à son amie. J'aide Thierry à la ferme et, toi, tu t'envoies en l'air. Il n'y a pas de justice sur cette terre.

— Alors, qu'en penses-tu ? Trouves-tu que je vais trop vite avec Gérard ?

Christine lui répondit par une boutade :

— « Le cœur a ses raisons que la raison ignore. »

Patricia insatisfaite par la réponse de son amie insista :

— Mais encore ?

— Tu l'aimes, c'est ce qui compte. Ne te pose pas trop de questions. Laisse-toi aller et profite du moment présent. Cependant, peux-tu m'en dire plus sur ta journée ?

— Que veux-tu savoir ? lui demanda Patricia, intriguée.

— Qui sont tous ces gens qui travaillent dans cette propriété ?

— Tout simplement, des amis qui viennent donner un coup de main. Il y a une entraide incroyable entre eux et une ferveur que j'ai rarement vue ailleurs.

Christine n'ajouta rien et acquiesça afin de ne pas perturber son amie avec ses questions. Elle avait, de toute façon, l'intention de faire discrètement sa petite enquête pour ne pas éveiller les soupçons de son amie. Patricia était si radieuse qu'elle ne voulait pas l'inquiéter. Elle savait néanmoins qu'elle était naïve et crédule. Il valait mieux anticiper et s'assurer que tout était parfaitement normal. Pendant ce temps, l'heure tournait et Patricia n'arrêtait pas de regarder sa montre : elle s'étonnait de ne pas voir Gérard. Son téléphone se mit à sonner. Elle se précipita sur la table basse et décrocha.

— Allô, c'est moi. Tu as de la visite ? Il y a une voiture devant chez toi.

— Oui, c'est Christine.

— Je suis désolé mais je ne viendrai pas ce soir. Je suis très fatigué et je travaille demain. On se verra lundi soir. Passe une bonne soirée avec ton amie. Je t'aime.

— Moi aussi.

Patricia raccrocha, dépitée, une moue au coin des lèvres.

— C'était Gérard. Il ne vient pas ce soir car il est fatigué.

Son amie lui tapa amicalement sur l'épaule pour la réconforter.

— Tu le verras demain. Il faut laisser un peu de suspens quand on est amoureux, sinon tu vas droit dans le mur. Fuis-le à ton tour ! Tu verras, Il te désirera encore plus ; crois-en mon expérience ! C'est ce que je fais tous les jours avec Thierry et ça marche. Après tant d'années, il est toujours fou amoureux. Je te laisse car il va se demander où je suis restée. Allez, fais-moi un sourire avant que je ne parte.

Son amie s'exécuta sans grande conviction puis elles s'embrassèrent. Patricia, morose, la regarda partir puis rentra lire mais réussit difficilement à se concentrer. Gérard occupait toutes ses pensées : le savoir si près et ne même pas pouvoir le voir ni le toucher. Pourquoi lui infligeait-il une telle souffrance ? Elle n'avait pourtant rien à se reprocher. Même Bella, qui traînait son panier en tissu pour attirer l'attention de sa maîtresse, ne réussit pas à la dérider. De guerre lasse, la petite chienne se coucha à ses pieds. Patricia jeta son livre sur le canapé et se mit à regarder la télévision. Ce soir-là, elle ne se fit même pas à manger et alla se coucher de bonne heure, les larmes au bord des yeux.

Chapitre 11

Gérard se leva de bonne heure pour se rendre sur son lieu de travail situé à la périphérie de Rennes. Pour son premier jour, il n'avait pas voulu prendre le train et avait pris sa voiture. La circulation sur la rocade était presque fluide : certains Rennais étaient déjà partis en vacances. Il gara sans encombre sa BM sur le parking de la société, en prenant soin de la mettre un peu à l'écart afin d'éviter d'éventuelles rayures sur sa carrosserie. La directrice des ressources humaines l'accueillit chaleureusement et le présenta au reste de l'équipe. Ils étaient une dizaine d'employés à travailler dans un immense espace ouvert, au deuxième étage de la société. Leur rôle consistait à concevoir des jeux vidéo. Tout l'immeuble était occupé par des sociétés toutes différentes les unes des autres spécialisées dans les nouvelles technologies, dans le design ou dans la publicité. Chaque employé bénéficiait d'un self-service, d'une salle pour se relaxer et faire du sport. Gérard se sentit aussitôt à l'aise avec ses nouveaux collègues. Il connaissait son travail sur le bout des doigts. Il était, d'ailleurs, très convoité et recherché par de nombreux chasseurs de tête. Depuis son enfance, c'était un passionné de jeux vidéo. Fils unique, ses parents lui avaient acheté, très tôt, les consoles « dernier cri » pour pallier son ennui et leurs absences répétées. Assez solitaire, il avait passé des heures dans sa chambre à jouer, à s'inventer un monde virtuel pour combler le manque affectif de ses parents. Son père était un éminent avocat du barreau de Nancy et sa mère, une juge très renommée. Ils étaient tous les deux très pris par leur travail et Gérard, petit, avait été élevé en partie chez une nourrice. Les rares moments qu'il passait avec ses parents, c'était pour les entendre se disputer et se déchirer. Très tôt, alors qu'il n'avait que cinq ans, son père quitta sa mère pour se remarier, un an plus tard, avec une collègue avocate. À cause de ses nombreux adultères, il n'obtint pas la garde de son fils. Il se détacha donc assez rapidement de Gérard en créant une nouvelle famille et en se remariant. Son fils ne lui pardonna jamais cette trahison et le raya définitivement de sa vie. Seule, sa mère conserva son amour mais, malheureusement, elle avait succombé à un cancer des os alors qu'il n'avait que dix-huit ans. Son père, comme pour se dédouaner, lui avait aussitôt acheté un appartement pour qu'il soit autonome. Jamais, Gérard ne parlait de son passé. Il s'était construit tant bien que mal et s'était forgé une carapace. Il était incapable d'aimer : le mot Amour à lui seul lui donnait envie de fuir. Son cœur était sec, froid comme le marbre. Cependant, il excellait dans l'art de cacher ses véritables intentions.

Patricia se leva, la mine défaite. Elle avait passé une mauvaise nuit à ressasser toujours les mêmes choses : pourquoi Gérard avait-il changé d'avis hier soir ? Etait-ce parce que Christine se trouvait chez elle ? De toute façon, elle en aurait le cœur net ce soir. Une fois sa résolution prise, elle lui envoya un SMS.

— Bonjour Gérard, ta journée s'est-elle bien passée ? À quelle heure rentres-tu ?

Elle dut attendre toute la matinée avant d'obtenir une réponse.

— Coucou, je rentre vers *dix-sept heures. Tu me manques. À ce soir.*

Ce message lui fit du bien mais elle éprouva cependant le besoin d'en parler avec sa fille. Elle lui téléphona après le déjeuner et lui raconta son week-end en n'omettant aucun détail. Elle insista surtout sur le revirement de Gérard. Sophie sachant que sa mère avait sans cesse besoin d'être rassurée, prit une chaise et l'écouta jusqu'au bout sans l'interrompre. Au son de sa voix, elle sentait que sa mère était déstabilisée par ce refus et avait besoin de son avis.

— Maman, ce n'est pas à toi que je vais apprendre que « La vie n'est pas un long fleuve tranquille. »

— Je sais, ma fille mais ce n'est quand même pas une raison...

— Il était sans doute fatigué. Cela ne t'arrive jamais ?

— Si bien sûr.

— Alors tu vois, tu t'inquiètes inutilement comme d'habitude.

— Tu as sans doute raison.

— Évidemment.

— Changeons de sujet et ta grossesse ? Tu te sens mieux maintenant depuis que tu es en arrêt ?

— J'ai moins de contractions et surtout je peux me reposer.

— Je suis contente pour toi. Si tu as besoin de quoi que ce soit, n'hésite pas à me faire signe. Je prends la voiture et j'accours.

— Oui je sais maman mais, pour l'instant, j'ai surtout besoin de récupérer.

— Très bien ma fille. Je te laisse. Embrasse Benjamin de ma part.

— Je n'y manquerai pas. Bisous.

Patricia eut soudain envie de faire de la musculation pour se détendre et expulser toutes ses mauvaises pensées. Elle se rendit donc à la salle de sports, en début d'après-midi. Le ciel ouaté de gris laissait peu de place au soleil et les Janzéens, prudents, se promenaient avec leur parapluie. Dans le gymnase, les sportifs étaient peu nombreux mais Patricia apprécia le calme qui y régnait. Elle se changea dans les vestiaires et utilisa, tout d'abord, le tapis de course. Une femme d'une quarantaine d'années aux courbes généreuses vint s'installer à côté d'elle puis monta sur le vélo de biking. Elle semblait nouvelle et novice dans l'utilisation du matériel de sport. Le coach régla l'appareil à sa demande en lui conseillant de fournir des efforts mesurés au début : il fallait surtout qu'elle se familiarise avec les appareils de Fitness. Patricia lui sourit pour l'encourager et sa voisine engagea rapidement la conversation.

— Vous venez souvent ici ?

— Deux à trois fois par semaine.

— Moi, je débute. Je trouve l'endroit sympathique et plus abordable que dans les grandes villes.

— Ici, c'est très familial et le coach est super.

— Oui, j'ai pu m'en rendre compte. Mon mari et moi avons fait construire à Janzé, loin du bruit des grandes villes. Je viens ici pour perdre du poids ; j'ai pris un abonnement pour l'année. J'espère que j'irai jusqu'au bout de mes bonnes résolutions.

— Il n'y a pas de raison.

— Je parle et je ne me suis même pas présentée, je m'appelle Marina.

— Moi c'est Patricia.

Au même moment, quelques jeunes hommes en tenue sportive entrèrent dans la salle et utilisèrent les rameurs et les bancs de musculation. Une pluie fine s'était mise à tomber et crépitait sur les tôles de la salle de sport. Au bout d'une demi-heure, des remugles de transpiration envahirent la pièce. Patricia observait à la dérobée Marina qui pédalait énergiquement quand, soudain, celle-ci se leva en titubant, proférant des paroles incompréhensibles puis tomba inanimée sur le sol. Patricia se précipita sur elle, prit immédiatement son pouls puis constata avec inquiétude qu'elle ne respirait plus.

Sans perdre une seconde, elle demanda au coach qui était à côté d'elle d'aller lui chercher le défibrillateur, pendant qu'un des hommes présents dans la salle appelait le SAMU : elle était en arrêt cardiaque; il fallait faire vite! Grâce à l'appareil et aux efforts désespérés de Patricia, le cœur de Marina se remit à battre au bout de longues minutes interminables. Elle fut immédiatement transportée dans l'ambulance et emmenée aux URGENCES de Rennes. Le coach, quant à lui, était assis sur une chaise, complètement livide, se tenant la tête entre les mains. Les autres personnes présentes étaient elles aussi en état de choc. Seule, Patricia gardait la tête froide. Elle réconforta l'entraîneur sportif puis lui demanda avec douceur :

— Peux-tu me montrer son certificat médical, s'il te plaît ?

— Tiens, le voilà! je suis allé le chercher dans mon bureau.

Il sortit un certificat de son dossier posé sur un banc et le lui tendit tout en poursuivant :

— Vu ses antécédents, je ne comprends pas que le médecin l'ait autorisée à pratiquer ce sport.

Patricia le rassura comme elle put : Marina n'avait aucune contre-indication à la pratique du Fitness et, son certificat était bien signé de la main de son docteur traitant.

— Le fait d'être épileptique n'empêche pas la pratique du sport surtout qu'elle était soignée pour cela, ajouta Patricia en posant une main amicale sur son bras.

— En tout cas, je te remercie pour tout ce que tu as fait. Tu lui as sauvé la vie.

Les autres adhérents présents sur les lieux acquiescèrent et l'applaudirent pendant quelques minutes. Le calme revenu, l'entraîneur sportif prit Patricia à part pour l'interroger.

— Tu n'as jamais envisagé de travailler comme

infirmière ?

— Il est trop tard maintenant et je n'ai aucune expérience professionnelle à part quelques stages dans le cadre de ma formation.

— C'est dommage car tu as toutes les compétences pour faire une bonne infirmière, tu peux me croire !

— Merci Mathis pour tes encouragements. Tu te sens mieux maintenant ?

— Oui, je te remercie mais je vais fermer la salle aujourd'hui. C'est trop d'émotion ! Les vacances vont me faire le plus grand bien. Je te tiens au courant pour Marina.

— Très bien. Alors je te laisse, n'oublie pas de m'appeler !

— O.K. Quelle journée ! Il y a des jours où l'on ferait mieux de rester au lit.

Patricia lui sourit, rassurée de le voir plaisanter, puis quitta la salle de sports. Elle avait tout juste le temps de se changer pour rejoindre Gérard. Elle pressa le pas bien qu'éprouvée par ce qui venait de se passer. Néanmoins, elle ressentait une certaine fierté d'avoir pu sauver cette inconnue. La pluie avait redoublé d'intensité et Patricia arriva trempée chez elle. Bella lui fit la fête et la suivit jusque dans la salle de bains.

— Non, non, ma belle ; pas question de venir avec moi ! C'est interdit. Je dois enlever mes vêtements mouillés et me laver. À tout de suite.

Elle lui ferma la porte au nez. Bella s'allongea tristement sur le sol carrelé en l'attendant. Au bout d'une demi-heure, sa maîtresse ressortit habillée avec un tailleur bleu ciel de chez DIOR, comme si elle voulait faire un pied de nez à cette journée qui avait si mal commencé. Elle s'était parfumée délicatement avec un lait corporel à base de musc. Pour finir sa toilette, elle avait mis un fin collier de perles de jade autour de son cou et chaussé des escarpins blancs qui mettaient en valeur ses fines chevilles.

— Voilà, je suis prête, dit-elle en embrassant sa chienne sur la truffe. Comment me trouves-tu ?

Pour toute réponse, Bella lui lécha le visage.

— Malheureusement, je vais encore te laisser seule un moment. Je vais rejoindre Gérard mais je rentrerai dormir à la maison. À ce soir.

Patricia ferma la porte doucement derrière elle tandis que Bella se dirigea, à regret, vers son panier. Depuis que sa maîtresse était amoureuse, elle restait souvent seule à la maison.

Quand Gérard lui ouvrit la porte, il laissa échapper un « waouh » ! admiratif puis l'entraîna immédiatement dans la salle à manger. La table était décorée avec soin : un chemin de table, recouvert de fleurs des champs et de bougies parfumées, ajoutait une note champêtre à la pièce. Une bouteille de champagne attendait sagement dans un seau à glaces. Une bonne odeur de poivrons frits, d'oignons et d'épices s'échappaient de la cuisine et chatouillait agréablement les narines de Patricia.

— Que fêtons-nous ce soir ? demanda-t-elle étonnée.

— Notre rencontre, ma chérie.

Gérard se tourna, prit un sac posé sur une chaise et le lui offrit en mettant un genou à terre.

— C'est pour te remercier de ces quinze jours idylliques passés avec toi.

Patricia, fébrile, déchira le papier cadeau avec empressement puis se mit à trembler en apercevant un splendide foulard en soie rouge. Cette journée avait été trop riche en émotions ; elle dut s'asseoir pour reprendre ses esprits. Qu'elle avait été sotte de se poser en victime hier soir, alors que cet homme mettait tout en œuvre pour lui faire plaisir et lui prouver son amour ! Elle n'était qu'une égoïste qui ne pensait qu'à son plaisir personnel. Toute tremblante, elle se jeta à son cou et s'offrit à son amant en s'abandonnant sans aucune pudeur.

Chapitre 12

Marina passa cinq jours en surveillance étroite, en cardiologie, puis se remit doucement. Patricia alla la voir plusieurs fois à l'hôpital pour prendre de ses nouvelles. Dès que son mari l'apercevait au chevet de sa femme, il lui sautait au cou pour la remercier. Rassurée sur l'issue heureuse qui aurait pu se transformer en tragédie, Patricia se rendit chez Claude avec Bella, en fin de matinée. Elle était certaine de le trouver chez lui à cette heure-là. La pluie de la veille avait laissé le ciel complètement lavé de tous ses nuages, le soleil resplendissait à nouveau. L'été sera capricieux, cette année, pensa-elle en levant les yeux au ciel. Sur le trottoir, elle rencontra Églantine qu'elle ne put éviter car celle-ci se précipita sur elle à grandes enjambées.

— Bonjour, comment allez-vous ?

— Très bien et vous ?

— Bien, merci. Que se passe-t-il chez vous en ce moment ? j'entends Bella aboyer sans arrêt. S'ennuierait-elle sans sa maîtresse ? lâcha Églantine d'un ton plein de sous-entendus en regardant sa voisine, droit dans les yeux.

Patricia, piquée au vif, lui répondit sèchement.

— Vous savez, elle est parfois capricieuse mais je veillerai, à l'avenir, à ce que cela ne se reproduise pas pour votre quiétude per-so-nnelle.

— Oh, je ne disais pas ça dans ce but-là !

Un klaxon les fit sursauter toutes les deux et interrompit leur conversation. Patricia reconnut son fils et, s'empressa de monter dans sa voiture en faisant un petit signe de la main à sa charmante voisine.

— Maman, j'ai l'impression que je t'ai tirée d'un mauvais pas ? Tu sembles soulagée ? Tu venais me voir ?

— Oui. Tu es la providence même, mon fils.

Ils éclatèrent de rire et Claude s'engouffra dans une ruelle étroite puis, tourna à gauche pour emprunter le chemin qui menait à sa maison. C'était toujours un ravissement d'observer leur jardin paysagé : pas un brin d'herbe ne dépassait, les fleurs paradaient dans les massifs, les arbres tendaient leurs branches carminées vers le soleil, l'eau chantait dans les bassins couverts de nénuphars et tout cette nature cohabitait à la plus grande joie de leurs propriétaires. Patricia s'échappa de sa contemplation pour suivre son fils dans la cuisine. Elle l'interrompit aussitôt.

— Ne cherche rien ! J'ai apporté à manger.

— Merci maman. En ce moment, je n'ai pas une minute à moi ; j'ai hâte d'être en vacances.

— Je sais, Claude. J'imagine que tu dois terminer tes chantiers commencés avant août.

— Comme d'habitude à la même époque. J'envierais presque Katia et ses horaires de fonctionnaire.

Patricia haussa les épaules sachant que son fils ne pensait pas un mot de ce qu'il disait. Elle s'empressa de réchauffer leur repas au micro-ondes, pendant que Claude dressait la table. Depuis un moment, il l'observait du coin de l'œil sans rien dire mais il sentit que son regard posé sur elle la mettait mal à l'aise : elle secouait ses mains nerveusement comme si elle n'osait pas prendre la parole. Il la devança :

— Tu veux me dire quelque chose, maman ?

— Oui, Claude. Je venais t'annoncer que je suis amoureuse de mon voisin et que nous partons, ce week-end, dans notre maison à La Baule.

— Eh bien, voilà une bonne nouvelle ! J'espère au moins qu'il est bricoleur ; je n'aurai plus besoin d'intervenir, ajoute-t-il en la gratifiant d'un sourire complice.

Patricia, soulagée de la réaction de son fils, courut l'embrasser en le remerciant. Elle appréhendait d'annoncer la nouvelle à ses garçons qui adoraient leur père et le mettaient sur un piédestal. Au fil des années, leur mère s'était forgé une expression et ses garçons s'étaient parfaitement adaptés à cette vie faite de mensonges. Contrairement à leur sœur, ils n'avaient pas deviné ce qui se passait une fois la porte de la chambre du couple refermée : leur père étant toujours prompt à rejeter la faute sur leur mère lorsqu'il sentait un malaise familial.

C'était un père irréprochable et tellement formidable à leurs yeux ! Comment auraient-ils pu imaginer, un seul instant, l'Innommable ? Leur mère ne les blâmait pas, son désir n'était-il pas de les épargner ? De toute manière, si elle avait dit la vérité, personne ne l'aurait crue. C'était mieux ainsi : elle allait enfin pouvoir profiter de la vie et connaître l'amour avec un grand « A. » Claude interrompit soudain le cours de ses pensées.

— À quoi penses-tu, maman ?

— À rien, mon fils. J'ai beaucoup de chance d'avoir des enfants comme vous.

— Nous n'y sommes pour rien ; c'est surtout grâce à toi et à papa.

Devant tant d'humilité, le visage de sa mère s'illumina. Elle poursuivit :

— Surtout, ne dis rien à ton frère ! J'irai le prévenir dans la semaine, puis je vous inviterai tous à la maison pour que vous fassiez la connaissance de Gérard si vous êtes d'accord ?

— Quelle question ? Bien sûr !

Puis, Claude regarda sa montre, se leva précipitamment de table et embrassa sa mère.

— Je suis désolée, maman, mais je dois retourner

travailler. Tu peux rester là si tu veux ?

— Non, je vais rentrer. J'ai un rendez-vous chez l'esthéticienne dans une heure. Je dois passer avant à la maison pour y laisser Bella. Dis bonjour à Katia et apprends-lui la bonne nouvelle.

— Compte sur moi. Veux-tu que je te raccompagne ?

— Non, merci. Bella trépigne d'impatience depuis une heure, elle a envie de se dégourdir les pattes.

— Bien ! À bientôt et bon week-end si je ne te revois pas avant.

— Au revoir et bon courage pour ton travail.

Bella devança sa maîtresse qui faillit se prendre les pieds dans la laisse.

— Que tu es incorrigible ! s'écria Patricia en tirant légèrement sur le harnais.

Devant l'air courroucé de sa maîtresse, la petite chienne se mit sur le dos en signe de soumission.

— Ah, tu sais y faire, coquine ! Allez, pressons-nous !

Gérard commençait à prendre ses repères au travail. Comme il n'était pas insensible au charme féminin, il avait remarqué une jeune femme d'une trentaine d'années, typée avec une opulente chevelure frisée d'un noir de jais, qui prenait ses repas souvent seule au self. D'après ses collègues, elle était nouvelle et travaillait dans la publicité. Elle était tellement rayonnante que tous les hommes se retournaient sur son passage. Elle était grande, mince, perchée sur des escarpins à longueur de temps et habillée comme une star de cinéma.

Intrigué par cette employée, Gérard avait fait discrètement sa petite enquête : elle était originaire du Qatar, descendait d'une famille très riche et avait choisi de travailler en France une fois ses études terminées. Ses parents étaient des intellectuels connus pour leur liberté d'esprit et Jasmina en était la parfaite incarnation :

européenne dans l'âme, elle maîtrisait parfaitement le français, l'anglais et l'espagnol. Plus Gérard l'observait furtivement et plus il ressentait une fragilité à fleur de peau sous ses atours de princesse. Au travail, personne ne lui connaissait d'amis ou de petit copain. Toutes les autres tables du self étant prises, Gérard se dirigea vers la belle inconnue avec son plateau et engagea la conversation.

— Puis-je m'asseoir à côté de vous ?

Jasmina regarda autour d'elle avant de répondre puis acquiesça d'un signe de tête.

— Belle journée aujourd'hui, n'est-ce pas ? poursuivit-il.

En guise de réponse, elle lui sourit puis continua à manger en silence sans le regarder. Gérard l'examinait attentivement. Elle était très raffinée dans sa manière de manger et de se tenir à table. Elle avait certainement reçu une éducation très stricte basée sur les usages et les convenances en société. Troublée par le regard insistant de son voisin, elle fit tomber sa fourchette que Gérard s'empressa de ramasser.

— Merci, murmura-t-elle.

Puis, elle quitta la salle discrètement. Trois collègues de Gérard vinrent se joindre à lui, après son départ, et le félicitèrent en lui tapant dans le dos.

— Alors, mon veinard, raconte un peu ? demanda le plus hardi des trois.

— En tout cas, elle n'est pas bavarde. Je n'ai pas grand-chose d'autre à vous apprendre, répondit Gérard en les regardant d'un air goguenard.

— T'es un chanceux, toi ! À peine dans nos murs et tu fais déjà fureur auprès des plus jolies filles.

— Que veux-tu ? Elles sont toutes folles de mon sex-appeal, répondit celui-ci en passant la main dans ses cheveux.

— Préviens-nous quand même quand tu l'auras mise

dans ton lit.

– Vous serez informés dès que je l'aurai attrapée dans mes filets.

Toute la table se mit à rire à gorge déployée avant de reprendre le chemin du bureau. L'après-midi se passa sous une chaleur étouffante car la climatisation venait de rendre son dernier soupir. Le responsable régla le problème rapidement puis se tourna vers Gérard.

– J'ai besoin que tu ailles faire une mission de trois jours à Brest dès demain matin. Cela ne te pose pas de problème ? Tous tes frais seront bien évidemment pris en charge.

Gérard accepta la proposition qui venait de lui être faite. Il allait, une fois de plus, pouvoir montrer ses compétences et sa supériorité ce qui n'était pas pour lui déplaire.

Chapitre 13

C'était au tour de Patricia de recevoir Gérard à dîner. Elle était détendue : son esthéticienne avait fait des miracles, comme d'habitude, en la massant longuement avec une huile qui sentait bon les pétales de roses. Ses doigts de fée s'étaient promenés sur tout son corps avec gourmandise traquant le moindre recoin de peau pour le modeler à l'envi.

Cette fois encore, Patricia avait innové en cuisine et avait préparé une mousse de petits légumes accompagnée de plusieurs tranches d'espadon grillées. Pour couronner le tout, elle avait acheté plein de mignardises succulentes chez le boulanger du coin. Gérard arriva avec un peu de retard et lui offrit une paire de boucles d'oreilles en or pour se faire pardonner.

— Tu n'es pas bien de me couvrir de cadeaux, dit-elle en se jetant dans ses bras.

— Rien ne sera jamais trop beau pour toi !

À ces mots, Patricia fondit en larmes. Il ouvrit ses bras et elle alla s'y réfugier en appuyant sa tête contre sa poitrine. Ils restèrent ainsi quelques instants puis Gérard rompit le silence.

— Pourquoi te mets-tu dans de tels états pour un simple cadeau ? lui murmura-t-il en lui caressant langoureusement les cheveux.

Tout en hoquetant, elle lui expliqua que son mari n'avait jamais eu aucun geste d'affection à son égard - sans parler d'amour - et que toutes les attentions de Gérard rouvraient une blessure omniprésente et douloureuse.

— Je t'aiderai à guérir et à oublier ton passé.

Il lui essuya les yeux en passant doucement sa main sur ses joues ; Patricia, calmée, lui sourit.

— Et si nous mangions, maintenant ? J'ai faim et ça sent tellement bon. Que nous as-tu préparé ? demanda-t-il.

— Une surprise.

— Alors, à table et pas dans une heure ! claironna Gérard en lui tapant sur les fesses.

Cette boutade eut l'effet escompté sur Patricia qui oublia son passé, pendant quelques instants. La soirée se passa agréablement à converser de choses et d'autres sous la tonnelle. Le champagne coulait à flots, Patricia qui n'était pas habituée à boire de l'alcool avait la tête un peu lourde.

Durant le repas, Gérard lui posa beaucoup de questions sur son patrimoine. Il voulait tout savoir dans les moindres détails : l'aspect financier, la superficie, le lieu géographique, l'environnement... Elle se plia bien volontiers à toutes ses interrogations allant même jusqu'à lui chercher des papiers concernant l'achat de ses quatre maisons. Puis, lasse, elle changea subitement de sujet de conversation.

— Que dirais-tu de venir manger avec les enfants dans une semaine et demie ? Tu feras leur connaissance ?

À cette proposition, Gérard se rembrunit aussitôt et fronça les sourcils tout en bougonnant.

— C'est peut-être un peu prématuré, tu ne crois pas ?

— Mais non, pas du tout ! De quoi as-tu peur ? Tu verras, ils sont très gentils et ne désirent que mon bonheur. Allez, dis « oui ! » C'est très important pour moi.

Ses yeux verts suppliants accrochaient son regard mais Gérard, agacé par son insistance, détourna les yeux. Il lui répondit sèchement.

— C'est trop tôt à mon goût. Laisse-moi au moins le temps de m'installer dans ma nouvelle vie. On en reparlera plus tard.

Patricia, déçue, changea de sujet ne voulant pas gâcher le moment présent.

— Alors, ton nouveau travail ? L'ambiance est-elle bonne au bureau ?

— Oh, je n'ai pas beaucoup d'amis, tu sais. Mes compétences ont toujours fait des envieux et je suis souvent seul au bureau. Tiens, d'ailleurs, je dois m'absenter trois jours à Brest ; je ne rentrerai que vendredi soir. Je suis désolé mais je n'ai pas le choix. Par contre, nous aurons tout le week-end pour être ensemble, ajoute-t-il avec douceur comme pour la consoler.de son absence à venir.

Il avait l'air tellement malheureux que Patricia se leva de table pour l'embrasser et annonça :

— L'éloignement entretient l'amour, mon chéri.

Devant tant d'abnégation, il lui rendit son baiser puis la prit par la main pour l'emmener dans la chambre à coucher : il avait terriblement envie d'elle. Vers une heure du matin, il la quitta en lui laissant, sur sa table de chevet, un livre qu'il affectionnait tout particulièrement. Il la réveilla brutalement.

— C'est dans ce recueil que je puise toutes mes forces pour aller de l'avant. Tout être humain doit faire en sorte d'hériter d'un bon Karma. C'est une nécessité mais, rendors-toi, tu as trois jours pour t'en imprégner. À mon retour, je te poserai des questions sur ce livre et nous en parlerons.

Patricia, endormie, souleva une paupière et acquiesça dans un demi-brouillard. Satisfait, Gérard rentra chez lui en sifflotant.

Tard dans la matinée, Patricia se réveilla fatiguée, migraineuse et les traits tirés. Bella se tint à bonne distance de sa maîtresse : ce n'était pas dans ses habitudes de manquer d'énergie. Pour vaincre son terrible mal de tête, elle prit un antalgique dans son armoire à pharmacie et attendit patiemment que ses migraines disparaissent. Pendant toute la soirée, Gérard n'avait pas arrêté de remplir son verre, elle n'avait pas osé refuser de peur de lui déplaire. Ayant besoin de tranquillité, elle prit le livre sur sa table de nuit et alla s'installer au soleil sous la tonnelle. Elle s'y plongea avec toute la bonne volonté du monde mais ne parvint pas à se concentrer.

C'était une sorte de bible remodifiée où il était question de révélation, de la parole de Dieu, de rédemption et d'apocalypse. Au bout de quinze longues minutes fastidieuses, la lecture de cette philosophie ésotérique l'ennuya profondément et elle laissa tomber son livre sur l'herbe. Christine venait de lui envoyer un SMS pour l'inviter à déjeuner; elle n'avait pas de temps à perdre. Les maux de tête ayant disparu, elle put vaquer à ses occupations en attendant d'aller voir son amie. Soudain, quelqu'un sonna à la porte d'entrée. Patricia alla ouvrir et se trouva nez à nez avec Églantine.

— Bonjour! Le portail était ouvert, je me suis permise d'entrer.

— Vous avez bien fait; j'ai dû oublier de le refermer hier soir. Que me vaut l'honneur de votre visite?

Sa voisine, visiblement gênée, se tordait les mains dans tous les sens et Patricia crut apercevoir des larmes au bord de ses yeux.

— Je suis très embêtée de vous demander cela mais j'ai besoin de me rendre à Rennes dans la semaine. Pourriez-vous m'y emmener? Je vous paierai votre essence. Ma pauvre sœur vient d'être hospitalisée en urgence, murmura-t-elle, embarrassée.

Éprouvant comme toujours beaucoup d'empathie à l'égard de ses pairs, Patricia la fit entrer et lui proposa un café pour la remettre de ses émotions.

— Vous pouvez compter sur moi; je vous y emmènerai

demain après-midi.

— Oh, merci. Vous ne pouvez pas savoir comme vous me faites plaisir. Ma sœur est la seule famille qui me reste et, ma mauvaise vue ne me permet plus de conduire.

Patricia se retint pour ne pas éclater de rire et se mordit la lèvre jusqu'au sang : Églantine avait une vue très perçante, surtout quand il s'agissait d'épier les uns ou les autres derrière sa fenêtre. Elle ne s'était jamais mariée car sa famille - de riches agriculteurs de la région - lui avait interdit d'épouser l'homme qu'elle aimait : il était réputé pour être communiste et ses parents, catholiques pratiquants, ne voulaient pas entendre parler de ce mariage. Églantine avait donc obtempéré, à son grand désespoir.

Par la suite, aucun autre homme ne lui avait déclaré son amour et elle s'était jetée, à corps perdu, dans son travail de secrétariat. Il est vrai aussi que la nature ne l'avait pas gâtée : Elle était petite, ronde avec des traits grossiers, un nez fin et pointu qui contrastait avec son physique de camionneur. De surcroît, son avarice notoire la faisait économiser sur tout ce qui se monnayait : elle s'habillait avec des vêtements complètement démodés et usés, mangeait des denrées périssables, n'allumait l'électricité qu'en dernier recours... alors que depuis le décès de ses parents elle était devenue très riche.

Elle avait hérité, avec sa sœur, d'un patrimoine très important qu'elle avait fait fructifier à bon escient. Patricia écoutait Églantine se plaindre de la dureté de la vie d'une oreille distraite, pendant que Bella se faisait toute petite dans son panier. Elle n'aimait pas cette voisine insensible à ses mimiques et à ses marques d'affection. Puis, Patricia se leva pour lui signifier qu'elle était attendue.

— Un rendez-vous galant, insinua-t-elle en jetant des coups d'œil autour d'elle comme pour la prendre en flagrant délit.

— Non, répondit sèchement Patricia en lui tendant une poignée de main ferme pour la congédier.

Furieuse devant les sous-entendus de sa voisine, Patricia monta dans sa voiture et démarra sur les chapeaux de roues, Bella couchée sur le siège passager. Christine l'attendait, seule dans sa cuisine, préparant le plat préféré de son amie : des tomates farcies avec du riz. En entendant son prénom, celle-ci se retourna.

— Tiens, Christine, je t'apporte des cerises ; je sais que tu les aimes, dit Patricia, en brandissant son panier.

— Mon péché mignon ! Tu es adorable.

Les deux amies passèrent aussitôt à table : Thierry était parti aider son voisin : l'été était une saison exigeante pour les agriculteurs.

— Alors ? Quelles sont les nouvelles ? demanda Christine tout en servant son invitée.

Patricia laissa quelques minutes s'écouler avant de lui répondre. Elle lui expliqua la venue de sa charmante voisine, le matin même, puis attendit que son amie la questionne à nouveau pour continuer. C'était un jeu tacite entre elles depuis qu'elles se connaissaient : l'une interrogeait et l'autre répondait ou s'abstenait.

— Allez ne me fais pas languir ! Parle-moi de tes amours avec l'homme de ta vie, celui qui « te pose des lapins », dit malicieusement Christine à l'adresse de son amie.

— Vilaine ! Es-tu obligée de me rappeler ce moment douloureux ?

Christine éclata de rire devant son air offusqué. Comme à l'accoutumée, Patricia raconta tout par le menu détail sans oublier de parler du livre que Gérard lui avait fortement suggéré de lire. Très suspicieuse de nature, Christine demanda le titre et l'auteur de l'ouvrage afin de pouvoir l'acheter.

Lorsqu'elle avait croisé Gérard par hasard, près de chez lui, elle avait eu la sensation désagréable d'être déshabillée du regard, mais elle n'avait pas osé en parler à Patricia de peur de lui faire du mal. De peur qu'elle lise dans ses pensées, son amie poursuivit sur un ton enjoué.

– De quoi est-il question dans ce livre ?

– Je te le prêterai si tu veux mais je doute qu'il te plaise car il est question de Dieu, de Karma, de message divin, de vérité...

Christine lui coupa la parole en ouvrant de grands yeux ébahis.

– Rien que ça ?

– Ne te moque pas ! Je peux comprendre les gens qui ont besoin de donner un sens à leur vie et qui trouve du réconfort dans la religion.

Par pudeur, Christine changea de sujet et, après le repas, elles allèrent se promener à pied dans la campagne pour profiter du soleil et de la nature si généreuse en cette saison. Peu après le départ de Patricia, Christine se rua sur son ordinateur pour avoir des précisions sur le livre que devait lire son amie. Intriguée par le synopsis, elle le commanda sur Internet pour se faire sa propre opinion, mais un mauvais pressentiment l'assaillait depuis quelque temps et vint assombrir le reste de la soirée. Même son mari d'habitude boute-en-train ne réussit pas à la dérider.

Chapitre 14

Gérard arriva tard dans la soirée à Brest. Son hôtel se trouvait dans le centre-ville mais il décida d'aller faire un tour près du port avant de se coucher. Malgré la belle saison, une petite bruine tombait sans discontinuer et Brest lui apparut sous son mauvais jour. Cette petite pluie fine enveloppait les bateaux d'une légère couche de brume rendant la visibilité difficile. La température chuta rapidement.

Frigorifié par le petit vent qui se levait, il décida de rentrer à l'hôtel. Après un bon dîner, il appela Patricia. Il avait besoin de savoir ce qu'elle faisait, qui elle avait vu durant cette journée, ce qu'elle avait dit... Elle venait de se coucher quand son portable se mit à sonner. Elle était plongée dans la lecture de son livre. Gérard était impatient d'avoir de ses nouvelles.

— Bonsoir, c'est moi ; je ne te dérange pas ?

— Jamais, voyons ! J'étais en train de lire ton livre.

— Alors, comment le trouves-tu ?

— Pour être honnête, un peu compliqué à appréhender.

— Que veux-tu dire ?

— simplement que chaque individu aspire au bonheur et qu'il y a, à mon humble avis, plusieurs chemins pour y parvenir. Quant à moi, j'ai trouvé un sens à ma vie grâce à la religion catholique et, j'ai un peu de mal à m'y retrouver dans tous ces témoignages.

Un court silence fit écho aux paroles de Patricia puis Gérard, mécontent de son analyse, l'apostropha brutalement :

— Je prendrai le temps qu'il faut pour que tu comprennes ; je m'y engage même si tu résistes car c'est quelque chose qui me tient très à cœur.

Son ton et sa réaction épidermique la déstabilisa, un instant, mais elle puisa en elle la force nécessaire pour lui répondre.

— Je suis ouverte à toutes propositions venant de toi. Je ne pense pas être quelqu'un d'obtus.

— Eh bien, c'est parfait ! N'en parlons plus.

Puis, Patricia changea de sujet, un peu mal à l'aise, en parlant de la visite impromptue d'Églantine. Gérard se dérida en riant aux éclats devant l'empathie qu'éprouvait sa compagne à l'égard de cette voisine envahissante. Elle le sermonna gentiment :

— Voyons, c'est normal d'aider son prochain même s'il est désagréable.

— Bien sûr, ma chérie ! Je reconnais là ton grand cœur.

La conversation se termina là en se promettant de se rappeler le lendemain. Après ce coup de fil, Patricia eut du mal à s'endormir : elle éprouvait un sentiment d'inquiétude diffus, mais elle n'aurait su dire pourquoi. Cependant, elle finit par trouver le sommeil, épuisée, au bout de deux longues heures qui lui parurent interminables.

Elle fit un terrible cauchemar qu'elle essaya d'oublier le matin à son réveil, mais en vain : Gérard la poursuivait dans un long tunnel sombre avec un pistolet à la main en lui criant des obscénités. Elle, courait de toutes ses forces, paniquée, hurlant et lorsqu'il réussissait enfin à la rattraper, il appliquait avec un sang-froid diabolique l'arme sur sa tempe puis tirait. La tête ensanglantée, elle glissait et tombait dans un précipice sans fond.

C'est à ce moment précis qu'elle se réveilla en sursaut, trempée de sueur, les yeux hagards. Après le petit déjeuner, elle appela son amie n'arrivant pas à chasser ce cauchemar de son esprit. Christine savait l'écouter et réussissait souvent à l'apaiser. Elle avait fait des études de psychologie à l'université avant d'être enseignante et, employait toujours les mots qui convenaient. Patricia, fébrile, écoutait les sonneries retentir avec angoisse puis quelqu'un finit par décrocher. Un flot de paroles submergea aussitôt son interlocutrice.

— Ah, tu es là ! Bonjour. Tu vas bien ? Je suis contente...

Christine, la sentant paniquée, l'interrogea aussitôt.

— Que se passe-t-il ? Quelque chose te tracasse ?

Patricia ne se fit pas prier et lui raconta son cauchemar. Son amie l'écouta attentivement sans l'interrompre puis poursuivit :

— Qu'as-tu fait, hier, après m'avoir quittée ?

— J'ai continué la lecture du livre que Gérard m'avait conseillée et nous en avons parlé au téléphone.

— Qu'est-ce qu'il t'a dit ?

— Qu'il s'efforcerait de me faire comprendre le point de vue de l'auteur même si je résistais, hasarda timidement Patricia craignant sa réaction.

Christine leva les sourcils en signe de réprobation puis, prit une longue inspiration avant de continuer :

— Ne laisse jamais personne t'influencer ou te dicter ta conduite même s'il s'agit de l'homme de ta vie. S'il t'aime, il t'acceptera telle que tu es.

Blessée par les paroles de son amie, Patricia dont les joues étaient devenues écarlates prétexta une course urgente à faire pour mettre fin à leur conversation téléphonique. Christine qui n'était pas dupe lui souhaita une bonne journée puis raccrocha. Elle s'en voulait maintenant d'avoir été si directe mais elle avait réagi sous l'emprise de la colère. Comment cet homme pouvait-il s'arroger le droit de s'immiscer jusque dans les pensées de la femme qu'il prétendait aimer ?

Christine était trop indépendante pour supporter le diktat de quelqu'un. Elle avait trouvé en son partenaire un homme respectueux, très ouvert, aimant et cherchant toujours à lui faire plaisir même après autant d'années de vie commune. Jamais il ne lui imposait quoi que ce soit sans en avoir discuté au préalable avec elle. Elle avait maintenant hâte de recevoir le livre qu'elle avait commandé, la veille, pour s'en imprégner et en tirer les conclusions qui s'imposaient. De toute façon, Patricia la rappellerait certainement. Sinon elle se déplacerait pour lui parler. Sans se poser davantage de questions, elle vaqua à ses occupations.

Quant à Patricia, elle essaya toute la matinée de chasser de son esprit la mise en garde de Christine. Elle avait enfin trouvé le bonheur avec cet homme. S'il le fallait, elle était même prête à abandonner ses valeurs. Ce n'était pourtant pas la première fois qu'elle faisait des cauchemars mais, cette fois-ci, Gérard était apparu sous les traits de son mari la pourchassant sans relâche comme il en avait l'habitude. Mais oui, c'était sûrement cela ! Pourquoi n'y avait-elle pas pensé plus tôt ?

Elle rappellerait Christine, plus tard, pour lui soumettre son analyse. Comment son amie, dont le jugement était si avisé, avait-elle pu passer à côté de cette interprétation ? Rassurée, elle passa le reste de la matinée à se préparer et à promener sa chienne dans le parc proche de chez elle. Il faisait un temps doux sans un souffle de vent pour chasser les quelques nuages qui s'effilochaient dans le ciel bleu.

L'après-midi, comme convenu, Églantine arriva de bonne heure chez sa voisine. Patricia était au téléphone avec Paul. Elle lui fit signe de s'installer sous la tonnelle et d'attendre un moment à l'abri du chèvrefeuille. Elle ne voulait pas que sa voisine entende leur conversation : elle venait d'apprendre à son fils qu'elle avait une liaison avec son voisin. Celui-ci était content pour elle et l'encourageait à continuer.

— Tu ne peux pas vivre éternellement avec l'image de papa sous les yeux ; il faut penser à toi ! clame-t-il haut et fort.

Si elle avait pu lui sauter au cou, elle l'aurait fait. De ses deux fils, Paul était le plus proche de sa mère : il était plus doux et moins intransigeant que Claude qui, par ses traits de caractère, ressemblait beaucoup à Jacques. Mais elle aimait tous ses enfants de la même façon sans distinction. Pleine d'une sollicitude toute maternelle, elle lui demanda des nouvelles de son projet d'éoliennes. Il la rassura en lui affirmant qu'il allait bien avoir lieu malgré les difficultés rencontrées. Ils échangèrent ensuite quelques banalités puis promirent de se revoir.

Patricia sortit de la maison pour tenir compagnie à sa voisine mais la touffeur ambiante l'étourdit et l'obligea à s'asseoir un peu sous la tonnelle. Elle soupira de bonheur à la vue de ses tournesols chamarrés d'or ; ils resplendissaient sur leurs hautes tiges qui se tournaient ostensiblement vers le soleil. Patricia sortit soudain de sa contemplation et fit signe à sa voisine de la suivre. Elle en profita pour l'observer. Contrairement à son habitude, Églantine s'était habillée avec soin et portait une robe noire un peu défraîchie mais élégante. Ce n'était pas tous les jours qu'elle se rendait dans une grande ville. Elle babilla pendant tout le trajet et Patricia n'arriva pas à la questionner sur l'état de santé de sa sœur. Par contre, tout le quartier fut passé au peigne fin, disséqué et jeté en pâture à la vindicte publique.

Ouf ! Il était temps. Elles arrivaient enfin sur le parking de l'hôpital. La conductrice n'en pouvait plus et n'avait qu'une envie : se débarrasser de cette vipère sans cœur. Elle prétexta un rendez-vous et lui accorda une heure. Églantine descendit de voiture, le dos courbé, le mouchoir dans la main droite et un paquet de gâteaux bon marché dans l'autre main. C'est une comédienne née, pensa Patricia en la regardant s'éloigner, l'air complètement abattu. Elle regarda sa montre. Il était déjà quatre heures de l'après-midi. Son portable vibra dans sa poche au même moment. C'était un appel de Gérard. Elle se précipita pour répondre.

— Allô ! Où étais-tu ? J'essaie de te joindre depuis une heure, annonça Gérard, impatient d'entendre sa réponse.

— Excuse-moi, mais j'avais mis mon portable sur vibreur et ma voisine faisait tellement de bruit à elle seule que je n'ai rien entendu. Tu as déjà fini de travailler ?

— Oui, tu sais bien que je suis quelqu'un d'efficace. J'ai trouvé très vite ce qui bloquait les informaticiens.

— Je n'en doutais pas un seul instant. Tu es le meilleur ! ajouta Patricia avec admiration.

Soudain, un homme d'âge mûr l'interrompit en lui tapant sur l'épaule. Il était complètement désemparé et cherchait visiblement quelque chose.

— Je te rappelle dans deux minutes, souffla-t-elle à l'adresse de Gérard.

Puis, elle coupa la communication et se tourna vers l'inconnu.

— Excusez-moi de vous déranger mais j'ai perdu mes clefs de voiture à l'endroit où vous êtes garée. Les auriez-vous trouvées par hasard ?

— Je suis désolée mais je n'ai rien vu.

L'homme, visiblement inquiet, passa sa main dans ses cheveux blancs à plusieurs reprises avant de continuer.

— Je vais devoir me résoudre à appeler mon fils, mais mon portable est resté dans ma voiture...

Patricia n'attendit pas la fin de sa phrase et lui tendit le sien.

— Vous êtes gentille, madame ; je serai bref.

Après quelques explications données à la hâte, il le lui rendit.

— Si j'osais, je vous inviterais à prendre un goûter à la cafétéria de l'hôpital pour vous remercier.

Patricia le gratifia d'un charmant sourire mais déclina l'invitation.

— C'est très aimable de votre part mais j'attends ma voisine qui ne devrait pas tarder à arriver.

— Eh bien, je penserai à vous en buvant mon café, dit-il en lui donnant une poignée de main.

Elle le regarda s'éloigner en essayant d'imaginer le jeune homme qu'il avait été. Dès le premier regard, ses yeux verts perçants vous hypnotisaient, mais elle n'eut pas le temps de poursuivre sa réflexion car son portable sonna à nouveau. Gérard était en ligne visiblement énervé.

— Quand comptais-tu me rappeler ?

— À l'instant.

— Qui était-ce ?

— Un homme que je ne connais pas.

— Que te voulait-il ?

Patricia lui expliqua leur conversation en quelques mots puis, Gérard se calma. Déconcertée par ses questions, elle trouva néanmoins le courage de plaisanter.

— Serais-tu jaloux par hasard ?

— Moi ? Tu rêves !

— Même pas un petit peu ?

— Ne dis pas de sottises ! répondit-il sèchement.

Ses derniers mots blessèrent Patricia qui n'eut pas la force de répliquer.

— Tu es là ? lança Gérard agacé.

Elle prit son courage à deux mains pour lui répondre « oui » d'une voix à peine audible.

— Excuse-moi, Patricia. J'ai été un peu dur avec toi mais

mon patron m'a mis la pression cette semaine. Tu vas être contente, nous allons pouvoir partir plus tôt ce week-end ; je finis demain midi. Je serai chez toi vers quinze heures.

– Chouette ! J'ai hâte de te serrer dans mes bras. Je vais devoir te laisser ; la peste vient de montrer le bout de son nez. À demain. Je t'aime.

– Moi aussi. Embrasse cette chère Églantine de ma part.

Patricia s'empressa de couper la communication et rangea son portable dans son sac à main. Contrairement à l'aller, le retour se passa dans le calme : Églantine somnolait, abattue par le voyage, la chaleur et le cancer de sa sœur.

Chapitre 15

Christine était allée chercher le courrier tôt le matin. À sa grande surprise, elle avait découvert dans sa boîte aux lettres le livre qu'elle avait commandé deux jours auparavant. Elle allait pouvoir en commencer la lecture. Après, elle le prêterait à Thierry pour qu'il lui donne sa première impression : il était toujours de très bon conseil.

« Deux avis valent mieux qu'un », pensa-t-elle en souriant.

La chaleur trop lourde des derniers jours avait fait place à l'orage. Depuis un mois, le temps était très changeant : le soleil dispensait ses rayons avec générosité dans la journée, alors que la pluie reprenait ses droits pour s'imposer à l'envi dès le lendemain.

— L'été sera capricieux cette année, songea Christine.

Puis, elle courut s'enfermer à la maison pour lire tranquillement, assise devant la porte-fenêtre. Elle se sentait à l'abri, dans son vieux rocking-chair, à regarder la pluie frapper les vitres avec la rigueur d'un métronome. Thierry venait de la rejoindre dans la cuisine et pestait après le mauvais temps qui l'empêchait de moissonner. Sa femme l'admonesta :

— Arrête de tourner en rond ! Tu me donnes le tournis. Profites-en donc pour te reposer un peu.

— Tu sais bien que ce n'est pas possible. Je vais avoir du retard et ce n'est pas bon pour nos finances.

Christine, devant l'air dépité de son mari, se leva et l'embrassa affectueusement sur les deux joues en lui promettant de l'aider s'il prenait du retard. La pluie avait cessé et un soleil, timide, refaisait son apparition tout en jouant à cache-cache avec les nuages. Un sourire revint aussitôt sur le visage de Thierry qui s'empressa de sortir pour monter sur le tracteur. Christine poussa un soupir de soulagement puis se replongea dans son livre. Il lui fallut peu de temps pour le parcourir et en saisir l'essentiel. Elle comprit, dès les premières lignes, que ce livre était destiné aux personnes en manque de repères, d'affectivité et de spiritualité.

Au fil des pages, elle eut la désagréable impression que l'auteur utilisait la désinformation et la manipulation pour mieux tromper ses lecteurs et les endoctriner : la Bible était détournée de son contexte et même remise en question. Christine n'était pas une fervente catholique mais elle s'intéressait à l'histoire des religions. De plus, l'auteur donnait son point de vue sur la façon d'appréhender sereinement le monde actuel.

Pour y parvenir, les adeptes devaient absolument vivre repliés sur le groupe, ne pas boire d'alcool, ne pas fumer et ne pas regarder la télévision. La médecine, telle qu'elle était pratiquée, était aussi remise en cause notamment dans le cas de maladies graves. Aucune transfusion sanguine n'était autorisée dans le but d'être en adéquation avec ce qui lui semblait être un dogme détourné du christianisme. Elle reposa le livre sur la table bien en évidence pour que son mari le lise puis, elle sortit nourrir les volailles qui s'impatientaient dans la basse-cour.

Patricia, quant à elle, préparait sa valise avec entrain tout à sa joie de partir en week-end, à La Baule, avec Gérard. Elle s'était promis de ne pas le vexer avec ses questions déplacées sur sa jalousie et, d'être joignable à tout moment pour qu'il ne s'inquiète pas inutilement. Elle s'en voulait terriblement de ce qui s'était passé. Il l'aimait tellement ! Qu'elle pouvait être sotte et négligente ! Son père le lui disait fréquemment en haussant les épaules tout en la regardant dans les yeux avec un profond mépris. Elle chassa rapidement cette image qui l'empoisonnait encore, malgré les années, pour se concentrer sur sa tâche.

Au bout de dix minutes, elle alla faire un tour dans son jardin, suivie de près par Bella. La chaleur de la veille avait définitivement déposé les armes et, les fleurs se redressaient doucement sur leurs tiges, tendant leurs pétales vers la fraîcheur de ce début d'après-midi. La pluie de la matinée les avait ragaillardies. À la vue de son petit paradis, Patricia se laissa attendrir et soupira de bonheur. Toute souriante, elle jeta un coup d'œil dans la rue et aperçut Christine qui se dirigeait vers elle. Un large sourire gêné crispait son visage. Elle s'approcha de Patricia, l'embrassa affectueusement sur les deux joues, puis se lança.

— As-tu une minute à m'accorder ?

— Évidemment mais fais vite car Gérard et moi partons en week-end à La Baule.

Devant l'air enthousiaste de son amie, Christine hésita à poursuivre.

— Toi, tu as quelque chose d'embarrassant à me dire, déclara Patricia légèrement inquiète. Si c'est au sujet de notre dernière discussion, ne t'en fais pas ! J'ai déjà oublié.

— Justement, je voudrais t'en reparler si tu es d'accord ? C'est très important.

Sans attendre la réponse de son amie, Christine fouilla dans son sac à main et sortit son livre.

— Ah ! Mais c'est le même que celui de Gérard, plaisanta Patricia. Tu veux te convertir toi aussi ?

— Pas exactement. Je suis venue t'en parler et te mettre en garde.

— De quoi ?

— Pouvons-nous en discuter à l'intérieur ?

– Oh ! Excuse-moi ! Entre donc. Le temps est un peu frais en ce moment ; j'espère qu'il fera plus beau demain.

Patricia, heureuse, à l'idée de partir en week-end avec Gérard, n'arrêtait pas de regarder sa montre et semblait peu encline à écouter son amie. À ce moment précis, Christine sut qu'elle allait devoir faire preuve de diplomatie et de patience. Elles s'installèrent confortablement dans le canapé en cuir rehaussé de nombreux coussins.

– Que voulais-tu me dire de si important ? enchaîna Patricia.

– As-tu fini le livre de Gérard ?

– Oui.

– Rien ne t'a interpellée ?

– Pas vraiment. J'aurais dû ?

– Si tu veux réellement connaître le fond de ma pensée, je me demande si l'auteur ne se cache pas derrière une association factice dans le seul but d'endoctriner les victimes.

– Que me chantes-tu là ? Que cherches-tu à faire ? Tu veux semer le doute dans mon esprit et détruire mon bonheur, toi, ma meilleure amie ? Et même si c'était vrai, je ne vois pas ce que Gérard vient faire là-dedans.

Fâchée, elle se leva vivement de son coussin de serge rouge sur lequel elle était assise puis, essuyant quelques larmes furtives, la mit en garde.

– Je t'aime trop pour t'en vouloir mais, s'il te plaît, ne me parle plus de cela ! Gérard n'est pas un homme endoctriné encore moins un gourou. Il veut seulement mon bonheur. Tu as toujours eu trop d'imagination.

Christine n'insista pas de peur de perdre son amie définitivement et préféra acquiescer pour le moment.

– Tu as sans doute raison. C'est mon côté paranoïaque qui ressurgit. Ne fais pas attention mais cette discussion peut-elle rester entre nous ? Gérard pourrait m'en vouloir.

Patricia sauta au cou de son amie et, rassurée par ses propos, l'embrassa avec effusion.

– Jamais je ne lui en parlerai, tu peux me faire confiance. Il en serait attristé et refuserait certainement de faire ta connaissance. Je souffrirais de ne plus te voir. N'en parlons plus, veux-tu ?

– D'accord. C'est promis !

Christine ramassa son livre dans son sac à main et les deux amies se serrèrent longuement dans les bras. Au moment où elles relâchèrent leurs étreintes, elles se trouvèrent toutes les deux, nez à nez avec Gérard qui les observait l'air amusé. L'instant de stupeur passé, Patricia se jeta à son cou.

– Tu nous as fait peur. Nous ne t'avons pas entendu arriver. Je te présente ma meilleure amie, Christine, qui est venue me rendre visite.

Gérard s'avança et lui tendit sa main.

– Enchanté. Vous êtes donc la merveilleuse Patricia ! Elle me parle souvent de vous. Vous devez être quelqu'un de remarquable, constate-t-il en lui faisant un clin d'œil.

Christine lui sourit et lui renvoya le compliment :

– Je suis à mon tour ravie de faire votre connaissance. Patricia ne tarit pas d'éloges à votre égard. Malheureusement, je vais vous laisser car mon mari a besoin de moi. Passez un bon week-end et profitez-en bien !

– Merci beaucoup. Nous espérons nous ressourcer dans la belle villa de Patricia en espérant que le soleil nous accompagne, répondit Gérard en serrant longuement la main de Christine qui, mal à l'aise à cause du contact prolongé, la retira brusquement et tourna les talons.

– Je t'appellerai la semaine prochaine, lui cria Patricia en se précipitant à la fenêtre.

Son amie lui fit un petit signe amical de la main puis

disparut rapidement au coin de la rue. Quand Patricia se retourna, Gérard l'enlaça et l'embrassa avec fougue. Elle se laissa aller dans ses bras et, détendue, se donna à lui avec une volupté non dissimulée. Gérard exultait et un sourire fugace mais, qui en disait long, vint balafrer son beau visage.

Chapitre 16

La villa de Patricia était bien située à proximité de la plage et du centre-ville de La Baule. Une fois les hautes grilles refermées, Gérard s'empressa de descendre de voiture pour ouvrir la portière à sa compagne qui avait somnolé pendant tout le trajet. Tel un enfant avide de posséder un nouveau jouet, Il se précipita le premier vers la porte d'entrée. Il avait hâte de visiter cette somptueuse maison dont il évaluait déjà, à première vue, le prix d'achat à plus de huit cent mille euros. Patricia lui servit de guide, heureuse à l'idée de constater qu'elle lui faisait plaisir en lui faisant visiter sa maison.

Au rez-de-chaussée se trouvait un grand salon moderne, avec de grandes portes vitrées, donnant sur un jardin situé plein sud et entouré d'arbres exotiques. La chambre de Patricia et de Jacques, remplie d'anciennes malles de voyage était située entre la cuisine équipée, attenante au salon, et la salle de bains. Une magnifique verrière, côté nord, invitait à la détente. Elle était cachée des riverains par une immense palissade couleur grise qui clôturait toute la propriété. Trois chambres; à l'étage, avec vue sur mer venaient compléter l'espace de cette maison.

Patricia mesura l'impact de sa visite en voyant le regard ébloui de Gérard. Pour la circonstance, elle déboucha une bouteille de champagne et ils s'installèrent dans le salon de jardin à l'abri des regards. Pendant toute la durée de leur tête-à-tête, Gérard posa des questions très précises sur l'année de l'acquisition de sa villa, son prix d'achat… Sa compagne se plia à toutes ses demandes, ravie de l'intérêt qu'il portait à sa maison et à son mobilier. Cet homme la valorisait et elle lui en était reconnaissante.

À ce moment précis, elle se serait damnée au point de renier toutes ses valeurs auxquelles elle était très attachée. Elle le regardait avec tellement d'amour qu'il détourna brusquement son regard et lui tourna le dos pour se plonger dans la contemplation du jardin. Patricia ne fit pas attention à son changement d'attitude. Il était tard quand ils décidèrent de faire un tour à pied sur le remblai. La lune gibbeuse dans le ciel étoilé les accompagnait et éclairait leurs pérégrinations nocturnes. Se tenant la main, ils arpentèrent l'asphalte croisant quelques hommes ivres à la sortie des cafés, ainsi que des jeunes gens chahutant dans la rue et s'époumonant à pleins poumons. Ils sourirent tous les deux à la vue de cette jeunesse tapageuse puis s'embrassèrent sous les réverbères salués par les « hourras » d'un couple d'amoureux. Ils rentrèrent, éreintés par cette journée qui s'achevait sous des auspices favorables.

Le lendemain matin, Gérard surprit Patricia par sa demande matinale. Il était huit heures du matin et ils venaient juste de se lever. Un soleil magnifique irradiait l'intérieur de la cuisine, Patricia resplendissait dans son déshabillé rouge. Sûr de lui, il s'approcha d'elle et, sans un mot, lui tendit un écrin enveloppé dans du papier cadeau. Patricia, surprise, laissa tomber sa petite cuillère sur le sol.

— Qu'est-ce que c'est ? le questionna-t-elle.

— Ouvre et tu verras !

Intriguée, elle déchira le papier d'emballage avec précipitation et, faillit perdre l'équilibre quand elle découvrit le diamant qui trônait sur son petit coussin grenat. Incrédule, elle l'interrogea du regard.

— Oui, c'est pour toi. Essaie-la.

— Mais pourquoi ? En quel honneur ? réussit-elle à

balbutier.

Gérard sourit et lui glissa, avec autorité, la bague au doigt.

— Acceptes-tu de devenir ma femme ?

Devant cette demande en mariage imprévue, Patricia se mit à fondre en larmes. Tout son corps était sous l'emprise d'une émotion palpable. Gérard lui tendit un mouchoir et attendit qu'elle se calme pour réitérer sa demande. Elle se jeta alors à son cou, se blottit contre lui et murmura un « oui » à peine audible. Puis, reprenant progressivement ses esprits, elle lui reparla du repas avec ses enfants.

— Si tu es d'accord, je pourrais te présenter à ma petite famille, le week-end prochain, et nous pourrions en même temps leur annoncer notre futur mariage. Qu'en penses-tu ?

Gérard se gratta la tête, réfléchissant.

— Attends une minute ! Je consulte mon agenda.

Excitée, elle n'attendit pas sa réponse et se mit à faire des tas de projets.

— Doucement, l'interrompit-il, hilare, en posant une main sur son épaule. Il faut être deux pour se marier !

— Oh, excuse-moi, mon amour, mais c'est trop de bonheur en même temps ! Peux-tu être là dimanche ?

— Oui, oui et oui. Je ne peux pas mieux dire.

— Que tu es drôle ! Mais nous n'avons pas fixé de date pour le mariage, ajouta soudain Patricia d'un air catastrophé.

—Vers la mi-août ?

— Si vite ? soupira-t-elle. Pourquoi ne pas prendre notre temps ?

— Parce que je t'aime et que je veux t'avoir auprès de moi le plus vite possible.

— C'est quand même prématuré. Laisse-moi le temps de m'y préparer psychologiquement, tu veux bien ?

— Tu as quelques jours pour y réfléchir. Tu sais bien que tu peux me faire confiance. Allez, va te préparer, nous allons faire un tour au marché. Cela t'aidera à prendre une décision.

Patricia obtempéra, mais prit beaucoup de temps pour s'habiller et soigner son apparence. Elle voulait avant tout faire honneur à son futur mari. Gérard, en la voyant arriver avec son tailleur bleu clair, son chemisier blanc ouvert sur sa poitrine généreuse et ses escarpins blancs, la dévora des yeux. Avec un soupçon de coquetterie féminine, elle passa ses mains dans sa magnifique chevelure et fit semblant de ne pas remarquer le regard concupiscent de son compagnon.

Elle lui en voulait encore un peu de précipiter leur mariage. Comment allait-elle faire le tri parmi ses invités ? Combien seraient-ils ? Où aurait lieu le repas ? Elle était stressée mais Gérard ne semblait pas s'en préoccuper. Il était toujours sûr de lui. Elle aurait aimé hériter de son assurance et de sa sérénité. Aucun obstacle ne lui semblait infranchissable. Tout en flânant parmi les étals, Patricia rencontra sa voisine, Myriam, qu'elle n'avait pas revue depuis l'enterrement de Jacques. Elle ne résista pas à l'envie de lui présenter son futur mari.

— Enchantée de faire votre connaissance, dit-celle-ci à l'adresse de Gérard en lui donnant une poignée de main énergique.

— Tout le plaisir est pour moi, répondit-il. Vous vous connaissez depuis longtemps, Patricia et vous ? poursuivit-il en la regardant avec insistance.

— Depuis vingt ans.

Puis Myriam se tourna vers son amie.

— Vous restez quelques jours ?

— Non, seulement le week-end, mais nous ne serons pas sans revenir car Gérard est tombé amoureux de notre belle ville.

— Qui ne le serait pas ? conclut-elle en souriant. Je serais heureuse que vous acceptiez de venir manger à la maison ce soir. Nous avons tellement de choses à nous dire !

Gérard lui rendit son sourire et accepta l'invitation sans attendre la réponse de sa compagne. Tout à sa joie de revoir Myriam, Patricia n'y prêta pas attention. Ils rentrèrent à la maison le panier rempli de fruits et de légumes, bien décidés à profiter de cette belle journée ensoleillée.

Pendant tout le repas, Gérard harcela Patricia de questions en lui demandant des précisions sur son patrimoine et sur le montant des loyers qu'elle percevait. Elle hésita et réfléchit longuement avant de lui répondre. Elle ne connaissait pas le revenu de ses locations puisqu'elle avait confié la gestion de son patrimoine à deux agences immobilières : l'une, située en plein centre-ville de Rennes et l'autre, à Dinan.

Son compagnon, concentré, l'écoutait attentivement tout en lui caressant la cuisse. Patricia ne s'était jamais intéressée aux revenus du ménage, contrairement à son mari qui était un homme d'affaires remarquable. Très tôt, il avait investi dans l'immobilier et sa femme en profitait maintenant.

Chapitre 17

Myriam était contente de revoir son amie et s'affairait dans sa cuisine en chantant, la fenêtre ouverte. Les maisons étaient très proches les unes des autres et des bribes de conversation de ses voisins lui parvenaient de temps en temps. Les mains dans la farine, elle se remémora les moments agréables passés avec Patricia et son mari qu'elle avait bien connu, puisqu'elle avait été sa maîtresse pendant plusieurs années. Elle avait essayé de résister à ses avances à cause de son amie, mais veuve depuis dix ans, elle avait finalement succombé à son charme.

Cependant, elle avait mis un point d'honneur à ne pas faire souffrir Patricia en restant très discrète sur sa relation extra-conjugale avec Jacques. En sa présence, elle était toujours très distante. La vie ne l'avait pas épargnée, elle non plus, car elle avait perdu son mari, Pascal, dix ans après leur mariage dans un accident du travail. Le monde s'était alors écroulé autour d'elle comme un château de sable et, sans l'amour de Jacques, elle aurait déjà mis fin à ses jours. Ce dernier venait souvent lui rendre visite en prétextant à sa femme des déplacements fréquents dans la région.

Myriam était une veuve séduisante, riche, âgée de quarante ans - plus jeune de dix ans que Patricia. Son mari travaillait comme entrepreneur dans l'import-export et était issu d'une famille aisée. Contrairement à sa voisine, elle avait toujours travaillé dans l'entreprise de son mari comme secrétaire et, à sa mort, avait retrouvé rapidement du travail à La Baule. Myriam voulait continuer à être active pour oublier sa souffrance. Elle avait aimé profondément Jacques sans aucune arrière-pensée. Au début, cette relation la satisfaisait. Elle avait été tellement heureuse avec son premier mari, qu'elle ne pouvait pas revivre le même amour avec son amant alors qu'il était marié.

Jacques était « sa bouffée d'oxygène » dans un monde qui l'avait durement éprouvée. Néanmoins elle se sentait coupable vis-à-vis de Patricia, mais son amant réussissait toujours à balayer d'un revers de main ses scrupules, en lui racontant que sa femme était devenue frigide après la naissance de Paul. Au fil des années, ses enfants étaient devenus son seul univers dans lequel son mari n'avait plus de place.

Myriam était encline à le croire car son amie, mère au foyer, accordait beaucoup de temps à sa progéniture et semblait souvent éviter le regard de son mari. Pas un instant, elle ne s'était doutée de l'enfer que Patricia vivait au quotidien avec cet homme dont elle était tombée amoureuse. Elle la plaignait tout au plus, mais son amie ne lui avait jamais parlé de problème relationnel ou sexuel dans son couple.

Jacques s'était révélé un amant expérimenté et plein d'attentions pour sa maîtresse. Elle avait donc profité et joui pleinement de cet amour illicite jusqu'à la mort de son amant. Une chose l'intriguait cependant aujourd'hui : comment Patricia avait-elle fait pour aimer un autre homme ? Ce repas allait peut-être lui apporter une réponse.

Le tic-tac de l'horloge sur le manteau de la cheminée la détourna de ses pensées, Myriam s'empressa de dresser la table. Au même moment, une sonnerie retentit à la porte d'entrée. Elle alla ouvrir, un sourire radieux sur les lèvres. Patricia avait les bras chargés d'un magnifique bouquet de fleurs, tandis que Gérard la suivait avec une bouteille de Bordeaux à la main. Myriam les fit entrer et ils s'installèrent dans le salon. En parfaite maîtresse de maison, elle mit le vin à décanter dans une carafe en cristal, puis apporta des petits fours sur la table basse. Myriam s'assit dans un fauteuil en face de son amie.

— Je suis très contente de te revoir, Patricia, et de faire votre connaissance, Gérard.

— Vous pouvez me tutoyer car les amies de Patricia sont mes amies.

— Volontiers. Excuse-moi d'être indiscrète mais vous vous connaissez depuis longtemps ?

— Depuis un mois seulement, répondit-il en regardant sa compagne du coin de l'œil.

Myriam faillit s'étrangler de stupeur, mais Patricia s'empressa d'ajouter qu'elle avait eu le coup de foudre dès qu'elle l'avait vu.

— Gérard vient de me faire sa demande en mariage, ce matin. Je n'en reviens toujours pas, expliqua-t-elle.

Celui-ci, embarrassé, toussota et changea de sujet.

— Je suis certain que vous êtes une bonne cuisinière : je sens une bonne odeur d'épices dans la cuisine.

— C'est un vrai cordon bleu, affirma son amie avec sincérité.

— Attendez de passer à table tous les deux avant de vous avancer ! lança-t-elle d'un air espiègle. Si j'ai bien compris, je vous verrai plus souvent ?

— Certainement. Je regrette de t'avoir laissée sans nouvelles, mais je voulais oublier l'horrible accident de Jacques.

— Je sais, Patricia. Ne t'excuse pas ! J'ai eu moi aussi du mal à me remettre de la mort de mon mari. Chaque nuit, je revis le même cauchemar : je revois Pascal tombant de l'échafaudage sur lequel il se trouvait. Et dire que je venais le chercher sur son chantier pour fêter notre anniversaire de mariage !

À ce moment-là, un lourd silence s'abattit sur les convives, Myriam essuya ses yeux d'un revers de main. La tension était palpable mais Gérard se mit soudain à éclater de rire. Les deux amies l'interrogèrent du regard, étonnées par son attitude déplacée. Patricia fronça les sourcils, furieuse, puis se dérida à son tour en voyant un petit mulot avancer précautionneusement dans la pièce, attiré sans doute par l'odeur du fromage sur la table. Le petit animal, se sentant observé, sortit par la porte-fenêtre aussi vite qu'il put.

— Je pense qu'il est temps de passer à table si l'on ne veut pas que tous les nuisibles viennent nous rendre visite, conclut Myriam en souriant sans oublier de fermer la porte-fenêtre.

— Bonne idée ! ajouta Gérard.

La soirée se passa à parler de choses et d'autres et à éviter les sujets douloureux. Les invités apprécièrent le repas antillais préparé par Myriam. Puis, Patricia demanda à son amie si elle voulait bien l'accompagner à la messe le lendemain matin.

— Pas de problème. Le curé sera ravi de me revoir, précisa-t-elle en riant à gorge déployée tout en leur souhaitant une bonne nuit.

Une fois rentrés chez eux, Gérard admonesta Patricia.

— Tu aurais pu me demander si je voulais t'accompagner !

— Tu aurais refusé, je commence à te connaître.

— Eh bien, tu me connais mal ! Mais puisque tu préfères y aller avec ton amie, je ne m'imposerai pas.

Patricia, confuse et peinée par son manque de discernement, essaya une dernière fois de se justifier.

— Excuse-moi mais je ne voulais pas t'importuner avec mes croyances religieuses.

— Bon, bon ! N'en parlons plus. Je suis quand même triste

de constater que tu me considères comme quelqu'un de borné.

Patricia, au bord des larmes, lui demanda pardon. Dissimulant mal sa colère, il lui ouvrit néanmoins ses bras pour qu'elle s'y réfugie. Cette nuit-là, elle dormit très mal rongée par la culpabilité. Quant à son compagnon, il s'endormit rapidement en lui tournant le dos.

Le lendemain matin, Patricia se leva aux aurores en prenant soin de ne pas le réveiller. Elle était encore attristée par leur discussion de la veille, mais elle était certaine de trouver du réconfort dans les paroles du prêtre. Dieu était là pour donner un sens à sa vie et la guider dans les moments difficiles. Avant de partir, elle mit la cafetière électrique en marche et laissa un mot sur la table de la cuisine.

Mon chéri,

Je suis partie à la messe. Je reviendrai vers dix heures pour me consacrer entièrement à toi. Je t'aime plus que tout au monde.

Patricia frappa à la porte de sa voisine. Les premières lueurs du matin avaient laissé place à un soleil généreux, mais les températures restaient un peu fraîches pour la saison. En sortant, Myriam frissonna de froid et retourna chercher sa veste. Pendant ce temps, les cloches de l'église sonnaient à toute volée comme pour leur souhaiter la bienvenue. Nos deux complices pressèrent le pas afin de ne pas arriver en retard, mais les bancs étaient vides. Patricia en profita pour observer une nouvelle fois l'église Notre Dame. De nombreux vitraux éclairaient la nef, laissant passer généreusement les rayons du soleil, tandis que les niches remplies de saints ruisselaient de clarté.

Pendant dix minutes, le sermon du curé apaisa les angoisses de Patricia et lui apporta un peu de sérénité. Quant à son amie, elle était plus occupée à regarder autour d'elle qu'à écouter les paroles du prêtre. Patricia savait qu'elle avait accepté de l'accompagner uniquement pour rester avec elle. Myriam fut la première à sortir de l'église, parmi les fidèles venus peu nombreux assister à la messe ce matin-là. Elles reprirent toutes les deux le chemin du retour en jacassant comme des pies. Une fois arrivée chez son amie, Patricia ne s'attarda pas et l'embrassa en lui promettant de revenir bientôt. Quand elle rentra à la maison, Gérard était dehors, furieux, le téléphone à la main. Elle remarqua, à son attitude, que quelque chose le tracassait.

– Que se passe-t-il ? Tu as l'air soucieux ?

– On le serait à moins. Je viens de recevoir un SMS m'annonçant que je dois me rendre de toute urgence auprès de la communauté sans plus d'explications.

Patricia haussa les épaules pour le rassurer et crut bon d'ajouter.

– Nous avons passé un merveilleux week-end. Ne t'inquiète pas pour moi ! De toute manière, les bagages sont prêts…

Elle n'alla pas jusqu'au bout de sa phrase, car Gérard lui coupa la parole pour lui annoncer qu'il irait seul là-bas. Patricia se pinça les lèvres pour ne pas lui faire remarquer qu'elle aurait aimé l'accompagner. Le trajet se passa dans le silence le plus total, chacun perdu dans ses pensées.

Chapitre 18

À vingt-deux heures trente, Christine s'installa confortablement dans son fauteuil, face à son écran plat, pour regarder une émission. Thierry, exténué par sa longue journée de travail dans les champs, était déjà parti se coucher. À l'heure précise, le journaliste présenta ses invités à tour de rôle puis le débat commença. Christine espérait passer un moment passionnant, car il était question d'une secte ayant ses ramifications dans la région. Celle-ci acceptait de parler de ses valeurs et répondait, surtout, à l'accusation d'un particulier dont la femme, adepte de cette communauté, était décédée.

Christine, attentive, suivait l'émission avec un intérêt décuplé même si elle était dubitative quant au mode de vie ascétique préconisé par cette secte : une vie repliée sur le groupe avec un régime alimentaire végétarien imposé pour ses membres, un recours à l'allopathie banni dans certains cas, une adhésion obligatoire pour les conjoints mariés...

Les deux femmes, présentes sur le plateau, ressemblaient beaucoup à des hippies avec leurs jupes au style épuré descendant jusqu'aux pieds. Les trois hommes, quant à eux, portaient des costumes noirs classiques avec une cravate de la même couleur. Ils semblaient tous très sereins sur le plateau, convaincus du bien-fondé de leurs actes.

Le journaliste essaya pourtant de les confondre, à plusieurs reprises, en les questionnant sur leur vie recluse et, sur la mise en danger d'autrui par leur refus catégorique d'avoir recours à l'allopathie dans le cas de certaines maladies graves. Les invités, affables, semblaient plaindre le journaliste avec des valeurs d'un autre monde : les adeptes ne fumaient pas, ne buvaient pas d'alcool et ne regardaient jamais la télévision.

Christine hochait la tête devant un tel obscurantisme puis, écarquilla les yeux de stupeur, lorsqu'elle entendit un des invités déclarer que la communauté avait acheté une maison en Bretagne, pour permettre aux fidèles de s'y retrouver. Malheureusement, la description des lieux ne laissait aucun doute. Il s'agissait de la longère que Gérard prétendait avoir acheté avec plusieurs personnes à M. Etait-ce possible ? Avait-elle bien entendu ? Elle n'eut pas le temps d'approfondir : le journaliste enchaîna en présentant le livre de chevet dont la secte s'inspirait pour trouver sa « Vérité. » À son grand désespoir, elle reconnut celui que son amie lisait et, qu'elle avait elle-même parcouru de long en large pour se faire sa propre opinion. Ses craintes étaient donc bien fondées. Elle éteignit la télévision, catastrophée, se demandant comment elle allait pouvoir ouvrir les yeux de Patricia sur cette nouvelle révélation.

Elle ne voulait en aucun cas perdre l'amitié de son amie mais elle devait la mettre au courant sans tarder. Comment ? En lui demandant, le plus innocemment du monde, de regarder seule cette émission en replay dès qu'elle serait rentrée de son week-end ? Qui était Gérard ? Christine ne lui faisait pas confiance. Cet homme était fourbe et manipulateur ; elle l'avait ressenti dès le début. Cette nuit-là, elle ne trouva pas le sommeil, cherchant le moyen le moins douloureux pour apprendre la vérité à son amie et lui éviter de s'enfermer dans ses erreurs.

Une fois rentrée chez elle, Patricia n'eut pas la patience d'attendre le dimanche suivant pour annoncer à Christine la nouvelle de son futur mariage. À peine Gérard eut-il le dos tourné, qu'elle décrocha le téléphone pour demander à son amie si elle pouvait la recevoir le lendemain matin, car elle avait une merveilleuse nouvelle à lui apprendre. Christine, intriguée par le ton joyeux de sa voix, accepta de la recevoir, se doutant qu'elle avait quelque chose de très important à lui révéler puis raccrocha, pensive.

Christine avait dû se faire violence pour ne pas tout lui divulguer au téléphone. Comment serait-il possible maintenant de lui parler de cette émission qu'elle avait vue, la veille, alors que son amie était fébrile et exaltée à l'idée de la rencontrer pour lui annoncer une heureuse nouvelle ? Elle prit peur et sentit une angoisse sourde la tenailler au plus profond de ses entrailles. Elle chercha à se rassurer en se disant qu'elle aviserait demain. De toute façon, elle n'était pas du genre à abandonner ses amis ni à les laisser s'empêtrer dans des situations malsaines. « Demain sera un autre jour », pensa-t-elle et elle alluma le téléviseur pour oublier ses tracas.

Le lundi matin, Patricia trouva son amie occupée à nettoyer les clapiers et à les désinfecter.

— Que je suis contente de te voir ! s'écria-t-elle en courant vers elle et en l'embrassant avec effusion.

Christine la repoussa gentiment en s'essuyant les mains dans son tablier.

— Tout doux, ma belle ! Tu vas te salir. Peux-tu attendre deux minutes dans la maison que je finisse ? Je n'en ai plus pour très longtemps.

En guise de réponse, une moue boudeuse se dessina sur ses lèvres mais, tout à la joie de lui faire partager son bonheur, Patricia trépigna sur place comme une enfant et continua.

— Ah, si tu savais ! Je suis la plus heureuse des femmes...

À ces mots, son amie pâlit et lui coupa la parole.

— Je n'en doute pas un seul instant, mais nous en parlerons tout à l'heure près d'une bonne tasse de café.

La discussion était terminée. Christine se retourna pour

observer Patricia qui se dirigeait vers la maison, tête basse, à l'évidence frustrée d'être obligée de patienter avant d'annoncer la nouvelle de son futur mariage. Au bout d'un temps qui lui parut interminable, Christine réapparut et s'installa à la table de la cuisine devant une tasse de café fumant. Au moment où celle-ci s'apprêtait à boire le liquide brûlant, Patricia, complètement euphorique et survoltée, lui apprit que Gérard l'avait demandée en mariage ce week-end. Christine poussa un cri et laissa tomber sa tasse qui se brisa sur le sol en mille morceaux.

Son amie, amusée par l'effet produit, lui tapa dans le dos.

— Toi aussi, je vois que la nouvelle te surprend ? Tu ne t'es pas brûlée au moins ?

— Non, ne t'inquiète pas ! Je n'ai rien mais, pour une surprise, c'est une surprise !

Patricia se lança alors dans des explications détaillées : l'heure, le lieu, les circonstances... de sa demande en mariage. Au fil de son récit, ses yeux pétillaient de joie et s'animaient comme ceux d'une petite fille assurée de décrocher la lune. Christine ne la quittait pas du regard ; son bonheur faisait plaisir à voir même si, malheureusement, celui-ci était déjà compromis. Soudain, Patricia l'arracha brutalement à sa méditation en l'entraînant dans une joyeuse sarabande autour de la table. Christine se laissa faire, riant aux éclats devant ce coup de folie qui faisait sortir son amie de sa réserve habituelle. Puis, Patricia se calma et lui posa de nombreuses questions, soudain inquiète.

— Tu ne trouves pas ce mariage prématuré ? lui lança-t-elle en passant nerveusement la main dans ses cheveux.

Cherchant à la préserver, Christine éluda la question.

— L'Amour avec un grand « A » est exigeant.

— Tu crois ?

— Il faut savoir faire des sacrifices, répliqua Christine à bout d'arguments.

— Tu as sans doute raison. Ton couple en est la preuve vivante.

Puis, Patricia se rembrunit aussitôt.

— Je peux donc me lancer sans risque dans cette nouvelle aventure ?

Christine ne répondit pas tout de suite et lui demanda si ses enfants étaient au courant de leur futur mariage.

— Non pas encore, mais je les ai tous réunis à la maison dimanche pour qu'ils fassent la connaissance de Gérard. Nous leur en parlerons ensuite.

Son amie fit un rapide calcul et décida d'attendre la fin de la semaine pour téléphoner à Sophie. Elle lui parlerait de cette émission télévisée en lui exposant ses craintes au sujet de sa mère. Psychologue, Christine tenait à rester proche de Patricia pour pouvoir l'aider et l'épauler en cas de problèmes. Intuitivement, elle était convaincue que son amie écouterait plus facilement sa fille.

Dans tous les cas, il valait mieux que ce ne soit pas elle qui la pousse à ouvrir les yeux mais plutôt un membre de sa famille. Dans toute emprise, songeait-elle, il est préférable de se mettre du côté de la personne et, d'attendre que le temps fasse son œuvre. Une chose cependant était positive pour le moment : Gérard préservait le terrain relationnel autour de Patricia. Ce premier contact avec ses enfants indiquait qu'il acceptait l'entourage de sa future femme. Christine était tout de même décidée à rester sur ses gardes pour ne pas éveiller les soupçons.

— Alors, tu rêves ? Tu n'as pas répondu à ma question ? poursuivit Patricia impatiente.

— Attends, je réfléchissais !

— Eh bien ?

— Je souhaite ton bonheur au même titre que tes enfants.

Patricia fronça les sourcils, insatisfaite.

— Bien sûr ! Je n'en doute pas un seul instant mais tu ne me réponds toujours pas ?

— Parce que la réponse ne peut venir que de toi. Tu es la seule à savoir ce que tu éprouves pour lui. Attends dimanche ! Tes enfants te diront ce qu'ils en pensent et nous en reparlerons.

Christine se leva pour signifier la fin de la conversation. Un peu dépitée par la réponse évasive de son amie, Patricia quitta la maison en lui promettant de la tenir au courant.

Chapitre 19

Jasmina se trouva nez à nez avec Gérard au moment où celui-ci s'apprêtait à rejoindre sa voiture sur le parking. Elle était seule à la sortie du bureau, s'abritant sous son grand parapluie, alors que ses collègues discutaient entre elles avant de rentrer à la maison. Elle pressait le pas et se dirigeait maintenant vers l'abri de bus. Un petit crachin tombait sans discontinuer depuis le début de la journée.

Gérard saisit ce prétexte pour lui proposer aimablement de la raccompagner en voiture. Jasmina le reconnut, hésita un instant mais, la pluie redoublant d'intensité, accepta finalement sa proposition. Gérard, ravi, passa derrière elle et, en parfait gentleman, lui ouvrit la portière. Une fois installée, Jasmina lui indiqua son adresse en le remerciant de son aimable proposition. Elle prit une profonde inspiration se faisant violence pour vaincre sa grande timidité et, engagea la conversation.

— J'habite à l'opposé de mon lieu de travail et, je suis obligée de changer deux fois de correspondance avant d'arriver chez moi. En ce moment, je cherche un logement plus prêt mais je n'ai eu aucune proposition.

— Quel quartier vous conviendrait ? la questionna Gérard, intéressé, tout en la dévisageant du coin de l'œil.

— À proximité du bureau, mais pourquoi me posez-vous cette question ?

— Je connais beaucoup de monde dans l'immobilier ; je pourrai peut-être vous aider à trouver un studio rapidement. Mais je vous tiendrai au courant le moment venu. Vous plaisez-vous en France ?

— Oui même si la solitude me pèse parfois. Mes parents me manquent ainsi que mon...

Elle s'arrêta soudain interdite comme si elle en avait trop dit, les larmes au bord des yeux, puis se mura dans un silence pesant pendant tout le reste du trajet. Courtois, Gérard n'insista pas. Jasmina fut soulagée quand il se gara enfin sur le parking de son immeuble.

Ce n'était pas dans sa nature de se dévoiler ainsi aux yeux d'un inconnu ; elle s'en voulait et le quitta précipitamment non sans l'avoir remercié. Il la regarda s'éloigner, un sourire carnassier au coin des lèvres, en se frottant les mains. Avant de repartir, Gérard prit son portable et téléphona à monsieur Louis. Celui-ci décrocha au bout de la deuxième sonnerie.

— Allô, c'est vous Gérard ?

— Oui, excusez-moi de vous déranger.

— Non, je vous écoute.

— J'ai une collègue de travail qui recherche actuellement un appartement. Comme vous possédez plusieurs logements à Rennes, je me demandais si par hasard vous en auriez un vacant pour la rentrée de septembre.

— Ah, vous tombez à point nommé ! Nous cherchons justement un locataire ou une locataire, au début du mois de septembre, pour notre appartement situé juste en face de votre bureau. Vous voyez de quelle résidence je parle ?

— Oui, je vois très bien. C'est un cadre agréable et tranquille.

— C'est pour cette raison que ma femme et moi avons acheté ce T3 l'année dernière. Je vous fais entièrement confiance pour la locataire. Le loyer est de cinq cents euros, toutes charges comprises. Si vous le désirez, je vous laisserai les clefs et le contrat demain matin en passant devant votre lieu de travail.

— Parfait.

— Une dernière question. Pensez-vous que votre collègue serait susceptible d'adhérer à notre communauté ?

— Bien sûr, mais il faut lui laisser le temps.

— Pour ça aussi, je vous fais confiance. Au fait, vous avez fait du bon travail hier et je vous en remercie. Vous êtes vraiment sur la bonne voie. Continuez ainsi et vos efforts seront récompensés !

— Merci, je suis très touché. À demain.

Gérard raccrocha satisfait de la tournure que prenaient les évènements. Pendant ce temps, Patricia tournait en rond dans la maison, jetant de fréquents coups d'œil sur la pendule qui indiquait déjà dix-neuf heures. Elle avait envoyé de nombreux SMS à Gérard restés malheureusement sans réponse. Elle avait même essayé de le joindre mais elle tombait à chaque fois sur sa messagerie. Que pouvait-il bien faire ? Cette soirée était pourtant importante puisqu'ils devaient programmer ensemble la date du mariage, réserver le restaurant, faire la liste des invités...

Dehors la pluie avait cessé ; après plusieurs jours de soleil intense, les fleurs et les légumes du jardin appréciaient cette eau salvatrice. Patricia n'aurait pas besoin de les arroser. Pour tuer le temps, elle sortit avec Bella sur ses talons, admira ses fleurs fraîchement auréolées de gouttes d'eau, distillant généreusement leurs parfums. Un klaxon la fit sursauter : c'était Gérard qui arrivait enfin, radieux. Il fut accueilli par une avalanche de questions et, Patricia détourna la tête, au moment où ses lèvres cherchèrent les siennes.

— Tu as vu l'heure ? Mais où étais-tu passé ? Pourquoi ne répondais-tu pas à mes SMS ?

Gérard, peu habitué à ce qu'une femme lui parle sur ce ton et le rejette d'une manière aussi cavalière, la toisa des pieds à la tête. Embarrassée, elle soutint quand même son regard. Il crut nécessaire de se justifier.

— Mon portable était déchargé et je n'avais pas mon chargeur sur moi. En plus, j'ai été retenu au travail par mon chef. Je n'avais pas d'autre choix que d'accepter puisque je suis nouveau dans l'entreprise. Madame est-elle satisfaite de mes réponses ?

Il la regardait d'un air goguenard puis enchaîna sans lui laisser le temps d'enchaîner.

— De plus, tu devrais être contente car je ne travaillerai pas vendredi pour compenser mes heures supplémentaires. Alors, toujours fâchée, ma chérie ?

Si, à ce moment précis, Patricia avait pu se flageller, elle l'aurait fait pour avoir osé douter de son amour. Elle s'approcha de lui et, cette fois-ci, lui offrit ses lèvres. Il lui rendit son baiser comme pour lever le doute sur sa personne. Pour se faire pardonner, elle l'entraîna à l'intérieur de la maison et, devant ses yeux ébahis, se déshabilla lentement, lui suggérant des pensées érotiques dont elle seule avait le secret. Ses gestes étaient à la fois précis et gracieux. Telle une strip-teaseuse professionnelle, elle esquissa quelques pas de danse, se lovant contre son lit à baldaquin, lui jetant à la figure ses sous-vêtements tout en adoptant des poses lascives. Lui, ouvrait de grands yeux, ne perdant pas une miette du spectacle.

Puis, sentant progressivement la chaleur de son corps l'envahir et le désir le submerger, il se jeta sur elle et assouvit ses instincts sans s'occuper du plaisir de sa compagne : elle devait payer pour avoir osé le défier. La nuit commençait à tomber, lorsque les deux amants éprouvèrent le besoin de sortir pour respirer les senteurs de la terre fraîche, encore humide. Patricia sortit la première dans le jardin puis ils s'installèrent tous les deux sous la tonnelle. La lune embrasait le ciel comme en plein jour. Ils prolongèrent un peu la soirée devant un verre de champagne et contemplèrent les étoiles. Ce fut Gérard qui, le premier, rompit le silence.

– Au fait, tu m'as posé beaucoup de questions aujourd'hui, mais pas une seule sur ce que j'ai fait hier soir !

Patricia se mordit la lèvre inférieure et se rattrapa comme elle put.

– J'y pensais justement mais nous n'avons pas eu une minute à nous depuis que tu es arrivé. Alors ?

– La communauté a un besoin urgent de main d'œuvre pour monter une serre dans le parc. Avec les vacances, beaucoup de bénévoles sont absents. Que dirais-tu de m'accompagner là-bas, vendredi, pour aider les femmes dans le jardin pendant que je travaillerai ? La dernière fois, tu as fait bonne impression à madame Louis. Elle me demande souvent de tes nouvelles et serait ravie que tu lui accordes un peu de ton temps.

Patricia fit la moue car elle se souvenait du regard inquisiteur de cette femme, posé sur elle, comme si elle cherchait à sonder sa conscience. Sa trop grande curiosité l'avait d'ailleurs fait fuir rapidement. Mais ce n'était pas le moment de refuser : Gérard lui en aurait tenu rigueur. Elle avait déjà commis suffisamment de maladresses comme ça.

– Pas de souci puisque tu es avec moi, répondit-elle en le regardant droit dans les yeux.

– Merci, mon amour. Je suis un homme comblé !

Il se leva pour l'embrasser affectueusement sur le front puis rentra chez lui. Elle le regarda s'éloigner, en soupirant, regrettant qu'il ne veuille passer le reste de la nuit avec elle. Elle aurait aimé, le lendemain matin, se réveiller dans ses bras. Mais il faisait partie de ces hommes qui avaient des principes : il est si honnête, pensait-elle avec émotion. Qu'est-ce qui lui avait pris de s'emporter comme ça ce soir ?

Ils n'avaient même pas eu le temps de parler des préparatifs du mariage. Patricia profiterait donc de la journée suivante pour faire avancer leur projet de mariage. Par la même occasion, elle demanderait à Christine de venir avec elle choisir son tailleur pour la cérémonie prévue le douze août. Sur ces bonnes résolutions, Patricia s'endormit sereine.

Le lendemain midi, Gérard s'installa avec son plateau repas à côté de Jasmina. Elle le gratifia d'un large sourire en le voyant arriver. Il tenait dans sa main un morceau de papier qu'il s'empressa de lui donner, précisant qu'il s'agissait de l'adresse d'un logement vacant, situé en face de son bureau, et qui appartenait à monsieur et madame Louis, des amis de longue date. Il ajouta qu'ils cherchaient justement un locataire pour la rentrée de septembre. Gérard fit l'éloge des propriétaires et, devant l'air intéressé de Jasmina, lui tendit un trousseau de clefs, mais celle-ci refusa de le prendre.

— Je suis suffisamment gênée de vous avoir parlé de mes problèmes hier. Je ne me permettrais pas, en plus, d'aller visiter seule l'appartement de vos amis

Gérard sourit devant son invitation implicite.

— Je ne pourrai pas ce soir mais, si vous êtes disponible, nous pouvons y aller tout de suite avant que le travail ne reprenne. Nous n'avons que la route à traverser.

Le visage de Jasmina s'illumina brusquement. Gérard se leva et lui emboîta le pas sous les regards concupiscents de ses collègues de travail. L'appartement au deuxième étage était spacieux, bien exposé, avec un grand balcon situé en retrait de la route dans un magnifique parc arboré. Jasmina fut aussitôt séduite par le cadre, sa situation géographique ainsi que par les deux grandes chambres.

— Alors, qu'en penses-tu ? Je peux me permettre de te tutoyer, demanda Gérard d'une voix douce.

Jasmina s'éclaircit la voix pour lui répondre.

— Oui, évidemment. Je suis enchantée mais peut-être que

tes amis préfèreraient quelqu'un d'autre ?

— Non, j'ai carte blanche. Ils me font confiance. Si le loyer te convient, tu peux signer le bail tout de suite et tu seras locataire de cet appartement.

— Ne t'en fais pas pour moi, l'argent n'est pas un problème.

— Très bien. Je les préviens donc que tu es d'accord. Il ne te reste plus qu'à signer les papiers et à me les rendre demain.

— Merci beaucoup, Gérard. Je ne sais comment te remercier ?

— En acceptant de venir manger avec moi au restaurant.

— Volontiers. Dis-moi quand ?

Gérard se gratta le menton, sortit son agenda et fit semblant de le parcourir.

— Eh bien, samedi midi vers treize heures, sur les quais. Ma journée n'est pas trop chargée. C'est tellement rare, en ce moment, à l'approche des vacances.

— Moi aussi, j'ai plus de travail que je ne peux en faire.

— Si ce n'est pas indiscret, où pars-tu cet été ?

— Je retourne au Qatar rendre visite à mes parents.

Jasmina regarda sa montre au même moment et, affolée, se mit à presser le pas en traversant la rue.

— Je vais te laisser car il est l'heure. Encore merci.

— De rien. À demain.

Il la regarda courir sur ses chaussures à talons avec la légèreté d'une gazelle, sa jupe virevoltant sur ses jambes à la peau mate. Son parfum ambré laissait derrière elle une agréable odeur de musc. Gérard ferma les yeux un moment comme pour mieux s'en imprégner. Il partagea ensuite le reste de la semaine avec Jasmina et Patricia.

Chapitre 20

Madame Louis dirigeait son petit monde d'une main de maître. Ce vendredi-là, tôt dans la matinée, elle distribua le travail à chaque adhérente avec méthode et efficacité. Son mari agissait de la même manière avec les hommes qui étaient présents. Patricia et Gérard qui avaient eu du mal à se lever arrivèrent un peu en retard. Quand ils entrèrent à l'intérieur de la maison, tous les regards convergèrent vers eux et Patricia, se sentant observée, se mit à fixer le sol pour dissimuler sa gêne.

Elle était la seule à ne pas porter de jupe longue et à avoir les bras découverts. Elle avait mis, pourtant, un point d'honneur à s'habiller simplement en enfilant un pantalon blanc en lin et un chemisier orange à manches courtes. Elle avait même délaissé son chapeau à larges bords et ses bijoux. Gérard lui tapota l'épaule pour la rassurer. Au moment de partir travailler, il lui murmura à l'oreille :

— À ce midi, ma douce.

Elle l'embrassa sur les deux joues, complètement apeurée à l'idée de se retrouver seule au milieu d'inconnus. Chloé, percevant son embarras, la prit par le bras avec bienveillance et l'entraîna vers le jardin. Patricia la suivit jusqu'à l'appentis où celle-ci lui mit un seau et un sécateur entre les mains. Puis elle se lança dans quelques explications.

— Votre travail consistera à couper les fleurs fanées et à les mettre dans le seau. Vous sentez-vous capable de le faire ? ironisa-t-elle en esquissant un sourire.

Patricia perçut une pointe de moquerie dans sa voix mais

se contenta d'acquiescer en hochant la tête.

– Parfait ! Eh bien, à tout à l'heure ! Je viendrai dans une heure voir où vous en êtes.

Puis, elle s'en alla d'un pas svelte, se retournant de temps en temps pour vérifier si sa nouvelle protégée prenait bien le bon chemin. Patricia s'arrêta, un moment, cherchant du regard Gérard mais elle n'entendit au loin que le babillage des femmes qui s'activaient dans le jardin. Poussant un soupir de découragement, elle se laissa guider par les voix et, tenant fermement ses outils, prit son courage à deux mains pour les rejoindre. Chacune s'affairait et s'acquittait de sa tâche le plus sérieusement du monde en discutant et s'amusant. C'était quand même étrange de voir toutes ces femmes, de milieux différents, cachant leurs jambes et leurs corps sous d'amples jupes et sous des chemisiers à manches longues, courbées vers le sol pour arracher les mauvaises herbes ou pour tailler des arbustes un peu trop envahissants.

Patricia constata qu'elles étaient toutes très gentilles, serviables et enclines à l'aider. Elles étaient là dans un seul et unique but : aider la communauté en toute simplicité comme s'il s'agissait d'un sacerdoce. Beaucoup d'entre elles travaillaient à l'extérieur, mais elles consacraient la plupart de leurs jours de congé à venir donner un coup de main bénévolement avec leur famille. C'était devenu un rite pour ces femmes voire une joie, une raison de vivre. Elles échappaient pour un moment à cette société de consommation et venaient se ressourcer dans ce havre de paix. C'était presque une atmosphère onirique tant elles semblaient en osmose parfaite avec la nature environnante : elles marchaient ensemble vers la même lumière telles des phalènes éblouies. L'une d'entre elles essaya de sympathiser avec Patricia en la mettant aussitôt à l'aise.

— Je me présente, je m'appelle Anne ; et toi ?
— Patricia.
— Tu es nouvelle ici ?
— Oui, je suis venue accompagner Gérard.
— Ah, oui, le nouveau !
— C'est ça.
— Vous vous connaissez depuis longtemps ?
— Non, c'est récent.
— Vous ne vivez donc pas ensemble ?
— Non, mais nous allons bientôt nous marier.
— Bravo ! Tu feras ainsi partie de notre communauté. Es-tu d'accord pour que je te tutoie car nous serons amenées à nous voir régulièrement ?
— Comment cela ?

Anne, sentant qu'elle en avait trop dit ou pas assez, se mordit la lèvre inférieure et se rattrapa comme elle put.

— Je suppose qu'une fois mariés, vous viendrez plus souvent pour vous changer les idées et pour profiter du calme qui règne ici.

— Certainement mais j'ai aussi d'autres projets : je vais être mamie pour la première fois et, j'espère bien passer du temps avec le bébé.

— Vous pourrez l'amener ici et nous le présenter ?
— Je ne suis pas sûre que ma fille soit d'accord.

Par pudeur, Anne n'ajouta rien mais prétexta un travail urgent à finir. Elle rejoignit un autre groupe de femmes. Patricia, étonnée par ce brusque revirement, se remit à l'ouvrage au moment où Chloé, toute souriante, fit son apparition dans le jardin.

— Je vois que vous avez déjà sympathisé avec Anne. C'est bien. Surtout, n'hésitez pas à demander de l'aide autour de vous. Nous sommes ici à l'écoute des autres. D'ailleurs, nous mettons tous un point d'honneur à ne pas déroger à cette règle. Mais je parle, je parle et je vous empêche de travailler. À tout de suite !

Puis, elle partit comme elle était venue sur la pointe des pieds. Elle arrivait toujours sans faire de bruit au moment où on l'attendait le moins. Pendant ce temps, Gérard discutait avec monsieur Louis dans la salle à manger. Ils parlaient tous les deux à voix basse pour ne pas attirer l'attention sur eux. Christian feuilletait le bail que venait de lui remettre Gérard, tout en le questionnant sur ses relations avec sa future locataire.

– Vous la connaissez depuis longtemps ?

– Non.

– Et la femme qui vous accompagne ?

–Patricia ? C'est ma voisine.

– Je vois.

– Nous allons nous marier à la mi-août.

– Ah, ça c'est une bonne nouvelle ! Il est préférable de régulariser sa situation amoureuse vis-à-vis du groupe afin d'être irréprochable.

– J'en suis tout à fait conscient.

– C'est parfait ! Le devoir m'appelle et encore merci pour la locataire.

Gérard le retint par la manche de sa veste avant qu'il ne tourne les talons.

– S'il vous plaît, pouvez-vous ne pas parler de Jasmina à Patricia ? Elle est tellement jalouse qu'elle s'imaginerait des tas de choses et, je ne tiens pas à entrer dans des discussions interminables.

Christian acquiesça d'un hochement de tête, mais lui lança un regard désapprobateur que son interlocuteur ignora superbement en sifflotant. Patricia arriva, à ce moment-là, précédée d'un groupe de femmes. Elle poussa un soupir de soulagement en le voyant. Sans s'occuper des autres, elle se pendit au cou de Gérard et l'entraîna dans un coin de la pièce.

— J'aimerais que l'on s'en aille, lui murmura-t-elle à l'oreille. Je ne suis pas à l'aise avec toutes ces femmes qui sont pourtant très gentilles ; je ne sais pas pourquoi mais j'ai un mauvais pressentiment.

Il la fixa du regard puis la sermonna.

— Voyons, ne fais pas l'enfant ! Je suis obligé de finir ce que j'ai commencé ce matin ; c'est important pour moi.

— Mais nous avons aussi notre mariage à préparer, osa-t-elle objecter sans le regarder.

Gérard poussa un soupir excédé.

— Nous aurons tout le temps, samedi, de courir les magasins et, si tu m'aimes comme tu le dis, tu dois rester avec moi et me soutenir.

Sans attendre sa réponse, il l'embrassa sur le front et la poussa au milieu de la salle en plaquant sa main droite sur ses jolies fesses rebondies. Surprise par cette familiarité, elle se mit à rougir des pieds à la tête pour le plus grand plaisir de son compagnon. Le repas se passa dans un silence quasi monacal : Patricia ressassait cette dernière petite phrase qu'il venait de lui asséner comme un reproche et, qu'elle trouvait particulièrement injuste.

Puis, elle se rappela le conseil de son amie Christine : « dans un couple, il faut se respecter et savoir garder une certaine indépendance. » Thierry et elle en étaient d'ailleurs la preuve vivante. Sa décision était prise : elle ne travaillerait pas cet après-midi, mais ne ferait pas non plus faux bond à Gérard. Après le café, elle sortit pour téléphoner à son amie. Celle-ci décrocha immédiatement.

— Allô, Christine ! C'est Patricia. Que fais-tu en ce moment ?

— Rien. Pourquoi ?

— Que dirais-tu de venir me rejoindre à la communauté ? Je me sens si seule dans cette grande maison. Je m'ennuie.

— Gérard n'est pas avec toi ?

— Si mais il travaille.

Christine réfléchit un instant : ce coup de fil avait l'air, à première vue, d'un appel au secours. N'écoutant que son grand cœur, elle s'écria :

— J'arrive. Donne-moi tes coordonnées que je les rentre dans mon GPS. Je serai là dans une petite heure.

— Merci. Je t'attends. À tout de suite. Peux-tu me rendre un dernier service et passer prendre Bella à la maison? Je ne l'ai pas emmenée ce matin car je devais travailler mais là, je ne suis plus disposée à le faire; elle sera aussi bien avec nous si ça ne t'ennuie pas.

— Au contraire. Elle me tiendra compagnie pendant le trajet.

Ravie à l'idée de les revoir toutes les deux, Patricia se sentit moins oppressée. De retour dans la salle à manger, Elle en informa immédiatement Gérard. Celui-ci ne fit aucune réflexion, mais elle sentit qu'il désapprouvait son initiative en le regardant s'éloigner, les poings serrés.

Tant pis ! Il y avait suffisamment de main d'œuvre dans le jardin. Gérard, n'était-il pas chez lui ? Elle n'était donc pas obligée de travailler. Elle n'avait aucun compte à rendre à qui que ce soit, encore moins à cette mielleuse de madame Louis. Ragaillardie, elle prit un livre dans la bibliothèque et alla s'installer dehors sur une chaise de jardin. Chloé, qui l'observait depuis un bon moment, l'apostropha.

— Vous avez fini votre travail ?

Patricia, vexée, baissa son livre et soutint son regard autoritaire.

— J'attends une amie.

— Je vois.

Puis elle s'en alla en poussant un soupir de mécontentement.

Gérard, quant à lui, fulminait intérieurement contre Patricia : il allait avoir du mal à garder sa place auprès de la communauté, si elle ne se montrait pas plus coopérative. Momo, son fidèle compagnon de travail, réussit cependant à le dérider en lui racontant de nombreuses blagues. Au bout de dix minutes, il fit signe à son ami d'approcher.

— Sais-tu que monsieur et madame Louis sont passés à la télévision sur France 2, la semaine dernière ?

Gérard faillit s'étrangler de stupeur.

— Que dis-tu ?

— Tu n'étais pas au courant ?

— Pas du tout, mais pour quelle raison ?

— Voyons, c'est évident ! Pour parler de notre communauté, de ce que nous vivons au quotidien, de nos valeurs... enfin de l'essentiel.

Gérard sentit alors la sueur couler le long de ses joues et réussit péniblement à balbutier quelques mots.

— Etait-ce à une heure de grande écoute ?

— Non, à dix heures trente, je crois. C'est dommage cet horaire tardif ! Qu'en penses-tu ?

Son interlocuteur poussa un « ouf » de soulagement et fit un signe de tête en guise d'acquiescement. Patricia n'avait certainement pas vu cette émission sinon elle lui en aurait déjà parlé. Le danger était donc écarté pour le moment. Soulagé, il reprit le travail avec ardeur et s'activa jusqu'à la fin de l'après-midi.

Entretemps, Christine était arrivée avec Bella, heureuse de retrouver sa maîtresse. Patricia et elle s'embrassèrent longuement. Puis celle-ci fit faire le tour du propriétaire à son invitée.

— Puis-je prendre des photos de ce petit paradis ? hasarda Christine.

— Bien sûr. Tu es ici chez toi et qu'on ne vienne pas me dire le contraire !

Christine resta un moment bouche-bée devant le visage soudain cramoisi de son amie.

— Que t'arrive-t-il ? Je ne t'ai jamais vue dans cet état ?

Patricia lui expliqua, en long et en large, la surveillance attentive de madame Louis à son encontre.

— Mais pour qui se prend-elle ? Elle me suit partout. C'est insupportable ! Si c'est comme ça, je ne viendrai plus ici. Je ne comprends pas que Gérard ait accepté d'acheter cette maison avec ce sergent en jupons à ses côtés !

Elles se regardèrent puis, Christine éclata de rire afin de dédramatiser la situation. Petit à petit, Patricia se calma et elles profitèrent de ce bel après-midi radieux pour musarder dans le parc. Elles respirèrent les senteurs de la terre fraîche, gorgée de vie ainsi que les fragrances des fleurs plus belles les unes que les autres.

— J'ai bien fait de venir ; tu as ainsi pu évacuer ta colère, conclut son amie satisfaite de constater que Patricia était enfin apaisée. Mais une question me brûle les lèvres : « pourquoi y-a-t-il autant de monde à travailler ici ? »

— Je ne sais pas. Quand j'interroge Gérard à ce sujet, il trouve toujours le moyen de ne pas me répondre.

— Je vois.

Soudain, Patricia courut à perdre haleine vers un appentis abandonnant Christine au milieu du parc. Elle revint, quelques minutes après, munie d'un sécateur pour l'entraîner dans le jardin, où tout était redevenu silencieux. Elle coupa quelques fleurs et les offrit à son amie. Au moment de partir, Patricia, loquace, se lança dans des explications interminables sur les préparatifs du mariage. Christine, pressée, abrégea la conversation en démarrant sa voiture. Son amie insista néanmoins.

— De toute façon, je compte sur toi pour m'aider à choisir ma tenue. Je veux faire honneur à Gérard.

— Tu n'as aucune crainte à avoir, tu es toujours belle comme un cœur mais je te promets, je viendrai avec toi.

Christine accéléra et poussa un profond soupir en

regardant Patricia lui adresser un petit signe amical de la main, pendant que Bella courait derrière son véhicule en jappant à qui mieux mieux. En venant ici, elle savait qu'elle allait être édifiée : elle était maintenant convaincue des intentions malsaines de Gérard à l'encontre de son amie, mais elle l'empêcherait, coûte que coûte, de lui faire du mal. Entre-temps, Patricia partit rejoindre son compagnon qui avait fini de travailler. À son grand soulagement, il ne lui fit aucune réflexion désagréable durant le trajet du retour et, se montra au contraire charmant et bienveillant.

Chapitre 21

Le réveil sonna tôt, en ce premier jour de week-end. Réveillée depuis un moment, Patricia eut le temps d'observer son compagnon. Profondément endormi, il ressemblait à un ange avec ses cheveux blonds et bouclés. Pas un cheveu blanc ne venait trahir sa chevelure épaisse qui ondulait sur l'oreiller. Elle se leva sans faire de bruit et, quitta sa chambre sur la pointe des pieds pour préparer le petit-déjeuner.

Bella l'attendait sagement couchée dans son panier. Sa maîtresse aimait ce moment où l'aube faisait place nette au crépuscule. La nature, elle aussi, se réveillait doucement : les oiseaux commençaient à gazouiller tandis que le coq du voisin lançait des cocoricos retentissants. Gérard, debout dans l'encadrement de la porte, écoutait lui aussi les bruits environnants, quand Patricia faillit lâcher son bol de surprise en sentant son souffle sur sa nuque. Il l'embrassa délicatement dans le cou. Surprise, elle le sermonna gentiment.

— Tu aurais pu me prévenir ! tu m'as fait une peur bleue.

— Je sais.

Elle tapa de ses petits poings rageurs sur sa poitrine.

— Méchant garçon !

— Tu ne crois pas si bien dire. Allez, si nous déjeunions ? Le temps n'est pas extensible à ce que je sache et une dure journée nous attend.

— Tu as raison...

Il ne lui laissa pas finir sa phrase et ajouta :

— Comme d'habitude.

Patricia ne releva pas l'allusion trop heureuse à l'idée de concrétiser les préparatifs du mariage. À neuf heures, ils se rendirent dans un manoir, situé à Dol-de-Bretagne, pour y réserver la salle ainsi que les chambres pour les invités. Même si le mariage avait lieu dans la plus stricte intimité, Patricia mettait un point d'honneur à recevoir ses hôtes dans un cadre idyllique. Elle avait déjà repéré, depuis quelques jours, le lieu sur Internet. Gérard avait bien essayé de revoir à la baisse le nombre des invités et de proposer un restaurant plus abordable, mais sa compagne avait été intraitable sur le sujet. De toutes les manières, elle avait décrété qu'elle payerait tous les frais. Gérard, tout sourire à cette idée, ne s'y était pas opposé.

Après cette petite escale, ils prirent la direction de Saint-Malo pour y rencontrer un traiteur renommé pour l'originalité de ses plats. Il était déjà onze heures quand ils dégustèrent de nombreux mets plus succulents les uns que les autres et, se mirent d'accord rapidement sur le choix du menu. Par moment, Gérard semblait absent laissant Patricia tout gérer contrairement à son habitude. Elle était heureuse d'être là, de pouvoir donner son avis sur le déroulement de ce qui allait être la plus belle chose qui lui soit arrivée depuis la mort de Jacques. Elle tenait, enfin, sa revanche sur la vie.

Ils rentrèrent, le midi, épuisés après cette course-poursuite contre la montre. Le déjeuner fut léger et vite avalé. L'horloge de la salle à manger sonna treize coups. Rapidement, chacun vaqua à ses occupations. Patricia partit faire les courses pour le repas familial du lendemain, tandis que Gérard alla choisir seul son costume.

Depuis cinq minutes, Jasmina faisait les cent pas devant La Vilaine, à Rennes, où Gérard lui avait donné rendez-vous. Il arriva, essoufflé, mais arbora aussitôt un sourire radieux en la voyant si belle, si lointaine et si proche à la fois. Il s'excusa de son retard prétextant un embouteillage sur la rocade puis, l'entraîna dans un petit restaurant gastronomique à l'abri des regards indiscrets. Il connaissait le restaurateur et, en échange de quelques billets, avait réservé le petit patio pour eux deux. Jasmina fut tout de suite séduite par le cadre et l'intimité des lieux.

Une fontaine trônait au beau milieu de la cour, entourée de murs en pierre, habillés de palissades fleuries : des rosiers grimpants côtoyaient un chèvrefeuille, des mûriers, une vigne et plusieurs clématites. Et pour couronner le tout, un marronnier s'inclinait au-dessus de leur tête et leur apportait un peu d'ombre en cette journée caniculaire. Gérard connaissait cet endroit depuis longtemps et savait qu'il plaisait beaucoup aux femmes. Ce lieu rappelait étrangement un décor sorti des contes des mille et une nuits et Jasmina, heureuse, se laissa bercer par la voix douce et tendre de Gérard. À sa grande surprise, le serveur hindou leur apporta un plat oriental très épicé et parfumé qui mirent leurs papilles en émoi. Gérard se servit copieusement. Au cours du repas, Jasmina se laissa aller à quelques confidences sur son enfance, guidée par les questions non moins innocentes de Gérard.

— L'autre jour, tu m'as parlé de tes parents mais pas du reste de ta famille. Serais-tu fille unique ?

À ces mots, Jasmina pâlit et un imperceptible tremblement agita ses mains posées sur la table.

— Excuse-moi ! J'ai dit quelque chose qu'il ne fallait pas.

— Non, non, tu ne pouvais pas savoir.

Elle prit une longue inspiration avant de révéler à voix basse qu'elle avait eu un frère aîné, mais qu'il était décédé, l'année dernière, des suites de ses blessures dans un attentat en Allemagne, perpétré par un malade mental. Quelques larmes coulèrent le long de ses joues qu'elle essuya furtivement.

— Oh, je suis désolé, si j'avais su ! ajouta Gérard feignant la compassion en lui tendant un mouchoir.

— Ce n'est rien, mais parlons d'autre chose si tu veux bien ?

— Avec joie.

Cette réplique arracha un sourire au visage torturé de son invitée. Par pudeur, Gérard changea de sujet mais se garda bien de parler de lui malgré les questions insistantes de Jasmina.

— Tu vis donc seul ? lui demanda-t-elle.

— Oui, depuis mon divorce, il y a dix ans déjà, répondit-il en mentant tout en soutenant son regard.

— Je l'ignorais.

— Oh, c'est de l'histoire ancienne même si cette liaison m'a profondément affecté.

Gérard observa sa réaction pendant sa confidence. Jasmina, dont les yeux brillaient d'émotion et d'empathie à l'égard de cet homme généreux, fustigeait cette femme qui l'avait fait souffrir. Gérard jubilait en son for intérieur. Il poursuivit, la tête basse.

— Depuis, je me suis juré de bien réfléchir avant de me lier une nouvelle fois, car je suis encore très fragile et je ne voudrais pas retomber dans une histoire d'amour destructrice.

— Je comprends, dit-elle en posant une main sur la sienne sous le coup de l'émotion

Puis, sa timidité reprit le dessus et elle se mit à rougir.

— Ne sois pas troublée, Jasmina, c'est ma faute ! Je n'ai pas non plus besoin de te parler de mes problèmes, tu as assez des tiens…

Elle lui sourit, émue par sa bienveillance, et, reconnaissante, l'embrassa sur les deux joues.

— Je te remercie pour ce moment agréable et ce bon repas. Malheureusement, je vais devoir te laisser car j'ai quelques achats à faire.

— Je t'en prie. J'ai passé moi aussi un déjeuner inoubliable. Je te dis, à lundi.

Puis, tournant les talons, Jasmina ouvrit la porte du restaurant et disparut laissant, dans son sillage, une agréable odeur de parfum.

Pendant ce temps, Patricia était seule dans sa cuisine à préparer un tiramisu - son dessert favori - pour le lendemain. Elle alignait les boudoirs dans son moule à charlotte avec la dextérité d'un grand chef pâtissier. Absorbée par la préparation de son dessert, elle n'entendit pas Gérard arriver derrière elle. Seule Bella le regarda du coin de l'œil mais, terrassée par la chaleur encore vive de cette fin d'après-midi, préféra rester allongée sur le carrelage de la cuisine.

Gérard observa sa compagne et la trouva désirable, penchée sur son plan de travail dans sa robe orangée. Pris d'une soudaine frénésie, il s'approcha d'elle, lui arracha sa culotte sans ménagement et, la pénétra sauvagement avant même qu'elle ait le temps de réagir. Puis, contenté, il se rhabilla et se mit à lui parler de son après-midi et de ses achats.

— Je suis sûr que mon costume te plaira. Je serai le plus beau des maris et toi la plus belle des mariées, ajoute-t-il en l'entraînant dans une farandole endiablée.

Elle en oublia sa douleur physique et se lova contre lui pour ne plus penser à rien. L'homme est toujours à la recherche de nouvelles sensations dans le domaine de la sexualité : la femme n'a pas d'autre choix que de se soumettre à ses exigences, songea-t-elle. Tirées de ses rêveries par l'absence soudaine du corps de son amant contre elle, Patricia reprit contact brutalement avec la réalité en entendant la voix grave de Gérard.

— Quand as-tu l'intention d'aller acheter ta tenue ?

— Euh... la semaine prochaine avec Christine.

— Parfait ! Tu vois, tu n'avais pas besoin de stresser pour le mariage ; il ne reste plus que les invitations à choisir et à envoyer. Au fait, qu'as-tu prévu à manger pour demain ? demanda-t-il en lui faisant un clin d'œil plein de sous-entendus ?

— J'ai commandé du homard chez le traiteur et, j'ai acheté deux pintades chez Christine que je mettrai comme plat de résistance. Est-ce que ça te convient ?

— Bien sûr. Tu es un fin cordon bleu.

— Oui et tu vas enfin faire la connaissance de mes enfants.

Patricia insista volontairement sur le mot « enfin. » Gérard, piqué au vif, se leva précipitamment dissimulant mal sa colère et saisit cette occasion pour prendre congé. La mine renfrognée, il rentra chez lui sans embrasser sa compagne mais, cette fois-ci, elle ne fit aucun effort pour le retenir.

Le réveil tira Patricia de son sommeil à huit heures. Elle se leva rapidement car elle avait beaucoup de travail à faire avant l'arrivée des enfants, même si la veille Gérard lui avait assuré qu'il l'aiderait en arrivant de bonne heure. Elle l'avait laissé partir hier soir, non sans un certain soulagement. Elle appréhendait presque de se retrouver seule avec lui. Toutefois, elle avait pris la ferme résolution de ne plus accepter sexuellement les caprices de son amant : elle ne voulait en aucune manière revivre ce que son mari lui avait imposé sexuellement pendant leurs années de vie commune. Sa décision prise, elle vaqua à ses occupations sans perdre une minute.

Gérard arriva juste une heure avant l'arrivée des enfants. Il était en train de dresser la table à l'extérieur quand Sophie et Benjamin arrivèrent les premiers, suivis de près par Paul, puis par Claude et Katia. Patricia était ravie d'avoir toute sa famille au complet. Elle s'extasia sur le ventre rebondi de sa fille qu'elle caressa et, fit comme à son habitude un compliment à chacun des invités.

Puis se tournant vers Gérard, elle fit les présentations craignant un peu la réaction de ses enfants, mais il réussit à tous les charmer en étant courtois et prévenant. Pendant tout le repas, il blagua avec Benjamin, s'intéressa à tous les sujets et se comporta en compagnon attentif avec Patricia : il alla chercher les plats dans la cuisine, servit tous les invités et réussit sans difficulté à séduire son entourage. Cependant, à la grande surprise des enfants, leur mère se comportait avec lui de manière étrange : elle lui donnait des ordres fréquemment, - ce qu'elle ne faisait jamais avec leur père - s'asseyait sur ses genoux ou riait aux éclats en le regardant d'un air énamouré.

Seule, Sophie trouvait déplacée les caresses sous la table et les petits mots doux que les deux amants employaient fréquemment. Sa mère était métamorphosée et semblait tellement heureuse qu'elle préféra ne faire aucune remarque. Sa fille pressentait, néanmoins, qu'elle avait une révélation importante à leur faire à son attitude embarrassée, au fur et à mesure que l'heure tournait. C'est Gérard qui, le premier, vint en aide à Patricia en se levant de table et en la prenant par la main.

— Voilà, nous avons une grande nouvelle à vous annoncer ! dit-il en regardant les invités, droit dans les yeux.

Claude, Paul et Benjamin, complices, se poussèrent du coude pendant que Katia et Sophie dévisagèrent Patricia, mal à l'aise.

— Nous allons nous marier à la mi-août, continua Gérard en embrassant leur mère sur la joue.

La bouche grande ouverte, incrédules, les invités se regardèrent à tour de rôle. Le temps parut suspendu pendant de longues minutes. Puis, le moment de stupeur passé, Sophie fut la première à rompre le silence en félicitant les futurs mariés. Ses frères suivirent et tout le monde se congratula. Bella, sentant une agitation inhabituelle, allait de l'un à l'autre en sautant, oubliant son compagnon de jeu, Sam, qui toujours aussi indiscipliné piétinait allègrement les plates-bandes de bégonias. L'atmosphère était à la fête ! Claude et Paul étaient heureux de constater que leur mère regardait enfin vers l'avenir. Quant à Sophie, elle trouvait ce mariage un peu prématuré. Elle n'aurait su dire pourquoi mais elle éprouvait un sentiment de méfiance à l'égard de Gérard : il était obséquieux et trop mielleux pour être honnête.

Chapitre 22

Christine regarda l'heure, se saisit de son téléphone et appela. Une sonnerie puis deux. La voix de Sophie, ensommeillée, lui répondit à l'autre bout du fil.

— Allô !

— Oh, excuse-moi de te réveiller !

— Non, non, nous sommes rentrés tard hier soir et, je n'ai pas mis l'alarme de mon portable pour pouvoir dormir.

— Tu as raison de te reposer car ce sera plus difficile lorsque tu seras maman.

Sophie, maintenant bien réveillée, interrogea son interlocutrice.

— Es-tu au courant pour le mariage de maman ?

— Oui. J'aurais justement aimé te parler de quelque chose d'important à ce sujet. Puis-je venir te voir ce matin ?

Au son de sa voix, Sophie jugea de l'urgence de la situation et accepta immédiatement.

Une heure après, la sonnette d'entrée retentit. Après quelques formules de politesse, Sophie fit rentrer l'amie de Patricia dans la salle à manger et lui proposa une tasse de thé qu'elle accepta volontiers. Confortablement installée dans un large fauteuil, Christine prit une longue inspiration, se racla la gorge avant de révéler le but de sa visite. Elle raconta, dans le menu détail, l'émission qu'elle avait vue à la télévision. Sophie, impatiente, l'interrompit un peu sèchement.

— Et alors, en quoi est-ce que ça concerne maman ?

— J'y viens. Je suis persuadée que ton futur beau-père fait partie de cette secte, j'ai reconnu deux de ses membres sur France 2.

Sophie se mit soudain à pâlir et à balbutier.

— Tu, tu en es certaine ?

— Il n'y a pas de doute possible. Tout semble clair maintenant.

— Maman est-elle au courant ?

— Bien sûr que non ! Depuis le début, j'ai essayé de lui ouvrir les yeux mais elle s'est emportée et, je n'ai pas voulu insister de peur de la perdre. Elle est tellement amoureuse !

— Je vois, et tu as préféré venir m'en parler.

— Oui. Mais j'ai peur que Gérard l'entraîne dans cette secte et l'isole de sa famille. Je me suis rendue dernièrement à M pour tenir compagnie à ta mère. J'ai été très surprise de voir tous ces gens travailler avec le sourire sans rien exiger en contrepartie. Même Patricia a été sollicitée pour donner un coup de main.

Soucieuse, Sophie se leva brutalement, attrapa son portable à côté d'elle, et demanda à Christine de lui envoyer le lien de l'émission télévisée. Puis, reconnaissante, elle la remercia d'être venue lui parler.

— Dès aujourd'hui, je vais en informer mes frères. Je te tiendrai au courant, mais je dois t'avouer que j'appréhende de dire la vérité à maman. Elle semble si heureuse !

— Je te comprends, mais il vaut mieux que ce soit vous qui le lui appreniez. Puis-je me permettre de te donner un conseil ?

Sophie fronça les sourcils mais l'exhorta à continuer.

— Si Patricia occulte ce côté malsain de leur relation, je ne saurais trop vous conseiller de rester présent à ses côtés sans la juger. Vous n'aurez plus qu'à espérer qu'elle finisse par ouvrir les yeux avec le temps.

— Oui, malheureusement. Il m'arrive de recevoir des patients désespérés dans mon cabinet parce qu'ils n'ont plus de nouvelles de leurs proches, victimes de gourous peu scrupuleux...

Mais elle ne put finir sa phrase et poussa un profond soupir en essuyant une larme au bord de ses yeux.

— Maman n'a jamais eu vraiment beaucoup de chance avec les hommes, conclut-elle avec un hoquet dans la voix.

Son interlocutrice s'abstint de répondre mais s'approcha doucement de Sophie pour la prendre dans ses bras. Celle-ci, découragée, se laissa aller contre elle quelques instants. À peine Christine eut-elle tourné les talons qu'elle s'installa devant son ordinateur pour regarder l'émission en replay. Peu de temps après, le portable de Paul vibra dans sa poche.

— Allô ! C'est toi petite sœur ?

— C'est moi, répondit Sophie d'une voix éraillée.

— Tout va bien ?

— Oui, ne t'inquiète pas ! Pourrais-tu venir, ce soir, manger à la maison avec Claude et Katia ?

— Chouette ! Une invitation à dîner.

Cette boutade provoqua un silence embarrassant au téléphone. Sophie, peu encline à blaguer, reprit d'une voix lasse.

— Peux-tu les prévenir, s'il te plaît ? En revanche, ne parlez pas de cette invitation à maman ; je compte sur vous !

— Que se passe-t-il ? Tu es bien mystérieuse.

— On en parlera plus tard. Bisous.

Paul, perplexe, raccrocha et appela immédiatement son frère qui était sur un chantier. Sophie passa le reste de la journée à repasser en boucle les évènements de la matinée, et à chercher des informations complémentaires sur cette secte. Mais il n'y avait pas de doute possible ! Depuis qu'elle avait fait la connaissance de Gérard, elle éprouvait un malaise indéfinissable comme si elle le soupçonnait d'être malhonnête.

Cependant, quelque chose la tracassait : Le futur marié

n'affichait aucun signe ostentatoire d'appartenance à une secte. Sans doute le cachait-il afin de ne pas éveiller les soupçons. Sophie soupira longuement comme pour chasser ses idées noires. Soudain, elle entendit les pneus de la voiture de son mari crisser dans la cour. Préoccupée, elle n'avait pas vu le temps passer. En entrant, Benjamin remarqua sa mine défaite. Il l'embrassa puis s'assit à côté d'elle en lui prenant la main.

– Quelque chose t'inquiète ? Tu sembles soucieuse.

– Ah, si tu savais !

Elle expira bruyamment et lui raconta tout sans omettre le moindre détail. À la fin de son récit, désespérée, elle sanglota dans les bras de son conjoint. Il lui caressa les cheveux tendrement et essaya de la réconforter.

– Tout doux, Soso ! Ta mère est majeure et vaccinée ; elle est loin d'être stupide. Fais-lui confiance pour une fois et arrête de la materner. Tu es forte et je suis certain que tes frères et toi allez trouver une solution pour la sortir de ce mauvais pas.

Sophie se moucha bruyamment en le regardant droit dans les yeux, et lui sourit à travers ses larmes qui inondaient son visage.

– Tu as raison. Il faut que je relativise ! Depuis ma grossesse, je suis devenue émotive… lui murmura-t-elle à l'oreille.

Elle n'eut pas le temps de finir sa phrase qu'une main puissante la souleva de terre pour l'embrasser bruyamment dans le cou, pendant que Sam, assis sur son arrière-train, lui léchait les pieds.

– Alors, sœurette ! Un souci ? chuchota Paul d'une voix douce.

Sophie ne répondit pas, mais se mit à rire à gorge déployée en apercevant Claude par-dessus son épaule, qui secouait la tête devant les enfantillages de son frère aîné.

— Lâche-la donc inconscient ! Tu risques de la faire tomber, grommela-t-il entre ses dents. Tu tiens à être tonton ou pas ?

Paul se retourna, surpris, en entendant la voix de son frère.

— Du calme, Claude ! Notre sœur est robuste.

Mais il déposa Sophie au sol avec précaution et tout le monde s'installa autour de la table. La maîtresse de maison, grave, expliqua la situation en quelques mots puis s'arrêta, épuisée, à bout de forces. Claude surprit alors tous les convives en jurant et en frappant du poing sur la table. Katia, bienveillante, posa sa main sur son épaule, ce qui eut l'effet de le calmer momentanément. Paul, quant à lui, abasourdi par la nouvelle, se reprit très vite.

— Je ne sais pas ce que vous en pensez ! Mais, à mon avis, le plus important c'est de laisser maman regarder seule le reportage et se faire sa propre opinion...

— Tu as certainement raison, mais je suggère que nous restions près d'elle pour connaître sa décision, tempêta Claude. Qu'en penses-tu Sœurette ?

— Je suis d'accord, cependant j'ai peur qu'elle subisse un choc et qu'elle s'effondre sous nos yeux.

— Si je peux donner mon avis ? hasarda timidement Benjamin.

— Évidemment, répondit sa femme.

Son mari se racla la gorge comme pour se donner du courage.

— Patricia peut aussi faire le choix de lui pardonner.

Abasourdis, tous les regards se tournèrent vers lui. Katia, à son tour, prit la parole pour lui venir en aide.

— Je pense la même chose que Benjamin. Elle est tellement amoureuse qu'elle ne l'abandonnera pas, mais trouvera, je l'espère, un compromis en refusant d'adhérer à cette communauté. Elle lui a déjà résisté la dernière fois en appelant Christine à l'aide. Il faut que nous lui fassions confiance.

— D'accord, mais nous resterons vigilants ! répondirent en chœur Sophie et ses deux frères.

— Il reste un dernier point à régler. Qui se charge d'en informer maman ? ajouta Paul.

— Moi, si vous n'y voyez pas d'inconvénient, répondit Sophie. J'en profiterai pour passer la journée avec elle et je vous tiendrai au courant. Je l'appelle tout de suite.

Elle quitta la table fermement décidée à en découdre avec Gérard au cas où sa mère réagirait mal à cette nouvelle. Puis tout le monde prit congé, la mort dans l'âme.

Chapitre 23

Patricia était contente de passer la journée avec sa fille. Elle allait pouvoir la câliner comme lorsqu'elle était petite. Depuis son coup de fil, une chose cependant l'intriguait : Sophie ne l'avait pas informée de son intention de venir la voir lors de leur dernier repas et, elle lui avait trouvé une voix bizarre au téléphone.

— Je me fais toujours des idées, pensa-t-elle comme pour se rassurer.

Finalement, elle chassa ses idées négatives pour se consacrer à la préparation du déjeuner.

— Bon ! songea-t-elle. Que vais-je cuisiner ?

Elle fut interrompue dans ses pensées en entendant la sonnerie du portail. Patricia leva le nez de son plan de travail et aperçut sa fille.

— Déjà ! Mais quelle heure est-il donc ?

Etonnée, elle regarda l'horloge murale qui indiquait seulement dix heures. Elle appuya machinalement sur la télécommande, absorbée par sa tâche, puis s'essuya les mains dans son tablier et courut embrasser Sophie.

— Que je suis contente de te voir, ma chérie !

— Moi aussi, maman.

— Mais dis donc, laisse-moi te regarder ! Je te trouve bien pâle aujourd'hui. Tu es sûre que tout va bien ?

— Oui, oui, je suis seulement un peu fatiguée.

— Assieds-toi dans le canapé ! J'arrive.

— Maman, j'ai quelque chose à te dire.

Patricia, surprise, regarda sa fille.

— Je t'écoute. Ce n'est pas grave au moins ?

— Non, je voudrais juste que tu regardes une émission en replay avant le déjeuner. En attendant, je sortirai Bella pour sa promenade matinale. Nous en parlerons ensuite si tu veux bien.

— Toi, tu me caches quelque chose, mais je suis toujours partante pour un moment de détente.

— De quelle émission est-il question ?

— Je te laisse la découvrir.

Sophie alluma l'ordinateur, placé sur la table basse du salon tout en faisant signe à sa mère de s'installer confortablement devant l'écran puis, elle attrapa la laisse de Bella, accrochée au porte-manteau, et sortit sans plus d'explications. Patricia trouva facilement l'émission, grâce au lien que lui avait donné sa fille, puis cliqua sur l'écran. Elle ne fit pas tout de suite le rapprochement avec Gérard, mais quand elle entendit le journaliste prononcer le nom de Christian et de Chloé Louis, responsables de la mort de cette pauvre femme atteinte d'un cancer, elle sentit son cœur s'accélérer et ses mains devenir moites.

Elle regarda néanmoins le reportage jusqu'au bout, angoissée à l'idée de découvrir d'autres vérités qu'elle n'était pas certaine de vouloir affronter. Cette maison, que Gérard avait soi-disant achetée avec plusieurs personnes de la communauté, appartenait donc à une secte qui prônait le jeûne pour guérir certaines maladies graves. Il lui avait éhontément menti sur ce point de même que sur ses liens avec cette secte. À ce moment, elle douta même de son amour pour elle. C'était plus qu'elle ne pouvait en supporter ! D'un doigt rageur, elle éteignit l'ordinateur et, machinalement se mit à se ronger les ongles jusqu'au sang. Elle ne sentait plus la douleur obnubilée par cette question lancinante qui la taraudait depuis son premier mariage :

— Pourquoi fallait-il toujours qu'elle tombe amoureuse d'hommes sans scrupules qui, au fil des années, la trompaient impudemment ?

Tel un animal blessé, elle poussa un grand cri de détresse qui la soulagea immédiatement. Sophie entra, à ce moment-là, devancée par Bella. Patricia était avachie dans le canapé du salon, les yeux hagards et le regard vide. Elle ne prêta pas attention à sa petite chienne ni à sa fille. Celle-ci s'approcha d'elle et prit ses mains glacées dans les siennes.

— Maman, tu as vu tes ongles ! s'écria-t-elle avec effroi.

Patricia les cacha immédiatement derrière son dos comme une petite fille prise en faute.

— Ce n'est rien, répondit-elle, embarrassée.

Sophie sentit des sueurs froides lui parcourir tout le corps en constatant l'état d'abattement de sa mère. Elle fit sortir Bella sans ménagement et s'installa sur le fauteuil en face d'elle

— Veux-tu que nous parlions de ce que tu viens de voir ? T'en sens-tu capable ?

Pour toute réponse, sa mère se leva, telle une automate, pour ouvrir la fenêtre ; un peu d'air frais entra dans la pièce. La journée s'annonçait chaude et Patricia transpirait déjà sous sa robe légère en voile de crêpe. Elle s'apprêtait à retourner s'asseoir lorsque son portable se mit à sonner. Elle le saisit nerveusement et parcourut fébrilement le SMS envoyé par Gérard.

— *Bonjour mon Amour, je n'ai pas voulu te réveiller ce matin; tu dormais si bien. J'ai passé un bon moment dimanche avec toute ta famille. Je suis pressé de te revoir. Tu me manques terriblement. Je t'invite ce soir.*

Elle se laissa tomber sur le canapé, un sourire aux lèvres. À son grand désarroi, Sophie la vit se métamorphoser sous ses yeux.

— Que se passe-t-il maman? Tu as reçu une bonne nouvelle ?

— En quelque sorte, ma fille. J'ai failli douter un instant de l'amour de ma vie, mais j'ai maintenant la certitude qu'un homme qui écrit ce genre de textos ne peut pas être foncièrement mauvais. Il doit s'agir d'une méprise.

Sûre d'elle, elle lui tendit son portable. Sophie lut le SMS, sidérée par la crédulité de sa mère. Elle insista néanmoins sur la gravité du mensonge de Gérard et sur ses conséquences. Au bout de quelques minutes d'explication, sa mère l'arrêta, d'un geste de la main, visiblement énervée.

— Je suis assez grande pour mener ma vie comme je l'entends ! De toute façon, je n'adhérerai pas à cette secte et il le saura dès ce soir. Cela n'empêchera pas notre amour de continuer à vibrer comme avant. J'ai quand-même droit au bonheur, tu ne crois pas ?

— Certainement, répondit sa fille d'une voix éteinte trouvant difficilement les mots pour poursuivre cette conversation devenue inutile.

— Tant-mieux ! Parlons d'autre chose et, par la même occasion, préviens tes frères de ne pas aborder le sujet avec moi. Dieu nous envoie des épreuves sur terre ; il faut savoir les surmonter avec dignité et sang-froid.

Le repas se passa dans un silence gêné et Sophie prit congé de sa mère, tôt dans l'après-midi, en prétextant une visite à une amie. Patricia ne chercha pas à la retenir, mais une fois sa fille partie, elle courut se confier au prêtre de sa paroisse comme elle le faisait régulièrement. Par chance, Le presbytère était ouvert et René finissait de manger.

Sur le pas de la porte, la voyant pâlir, il l'invita amicalement à boire un café et attendit patiemment qu'elle lui parle de ses préoccupations. Patricia, prolixe, déversa un flot ininterrompu de paroles pendant que son interlocuteur, stoïque, l'écoutait religieusement. Puis, elle se tut quelques instants et lui posa enfin la question qui la tracassait.

— Que dois-je faire, mon Père ? Devant ma fille, j'ai fait

« la brave ! » Celle qui assure et mène sa vie comme bon lui semble mais, sauf votre respect, je ne sais plus à quel Saint me vouer.

— Ne mêlez pas les Saints à tout ça, mon enfant ! Ils n'y sont pour rien. Je comprends votre trouble mais que dit votre cœur ?

— De continuer à l'aimer tout en restant prudente. Je ne veux pas intégrer cette communauté ni empêcher Gérard d'y adhérer puisque, moi-même, j'ai trouvé beaucoup de joie et de réconfort dans la religion catholique. D'ailleurs, c'est en partie grâce à vous.

— Merci beaucoup, Patricia, mais seul Dieu a guidé vos pas. Cependant, si j'avais un seul conseil à vous donner, ce serait celui-là : puisque vous allez vous marier bientôt, il serait préférable, vu votre fortune, de faire un contrat de mariage en sachant maintenant que votre ami a intégré une secte. Qu'en pensez-vous ?

— À vrai dire, je n'y avais pas pensé mais ce serait peut-être la plus sage des solutions. Je vais y réfléchir et je vous donnerai ma réponse plus tard. En tout cas ; je vous remercie pour votre écoute et pour votre sagesse.

— Dieu est toujours de très bon conseil, dit-il en levant ses yeux pleins d'amour sur le Christ accroché au mur.

Patricia lui sourit et René, affectueusement, lui rendit son sourire.

— Allez en paix, ma fille et surtout faites-vous confiance.

Elle aurait aimé l'embrasser mais la décence le lui interdisait. Elle se sentait maintenant prête à affronter Gérard. Pendant ce temps, Sophie téléphonait à ses frères pour leur apprendre la décision de leur mère. Claude fut le plus virulent et sa sœur eut toutes les peines du monde à l'empêcher de provoquer un esclandre au domicile de Gérard.

— Nous devons respecter le souhait de maman, mais cela

ne nous interdit pas de rester très vigilants et de continuer à veiller sur elle encore plus étroitement que d'habitude. Qu'en penses-tu ?

Elle l'entendit râler au bout du fil mais, à force de persuasion et de patience, elle réussit à le convaincre de ne pas intervenir dans l'immédiat. Quant à Paul, il réagit différemment et accepta plus facilement le choix fait par sa mère.

– L'amour est parfois aveugle, soupira Sophie au téléphone.

– Je sais, Sœurette, mais nous veillerons sur elle comme les trois mousquetaires sur le collier de la reine.

Cette boutade eut pour effet de dérider Sophie. Elle attendit le soir pour prévenir Christine car toutes ces émotions l'avaient fatiguée nerveusement. Le futur bébé n'avait pas aimé toute cette agitation et le lui faisait savoir, à grand renfort de coups de pied.

Patricia, quant à elle, avait passé le reste de la journée à regarder l'émission en boucle. Elle aurait bien appelé Christine mais elle savait ce qu'elle allait lui dire. Aujourd'hui, c'était au-dessus de ses forces. Elle devait plutôt préparer ses arguments. Gérard arriva chez lui, la mine réjouie, avec un superbe chapeau acheté la veille pour Patricia. Celle-ci ne prit même pas la peine d'ouvrir le paquet cadeau et attaqua aussitôt :

– C'est en quelle honneur ?

Il s'apprêtait à lui répondre, mais elle ne lui en laissa pas le temps et continua à l'invectiver.

– Sans doute pour te faire pardonner tes mensonges !

Surpris par son agressivité, il ironisa.

– Tu es encore plus belle quand tu es en colère, mais je ne comprends rien à ce que tu racontes.

– Eh bien, je vais te rafraîchir la mémoire ! Installe-toi donc confortablement devant l'écran et regarde !

Elle ouvrit brutalement l'ordinateur et appuya sur le bouton, « marche. » Gérard la regardait en poussant des soupirs désapprouvant son attitude revêche. Dès le début de l'émission, le ton fut donné; il cliqua très vite sur « pause » connaissant parfaitement le contenu. Patricia ne le quittait pas des yeux, attendant qu'il se justifie mais son compagnon ne semblait pas pressé.

— Alors, tu m'expliques ?

— Où est le problème ?

Patricia faillit s'étrangler de rage devant son aplomb et resta, interdite, un long moment. Il en profita pour lui répondre évasivement sur son lien avec la secte. Il insista surtout sur le fait qu'elle était catholique pratiquante et que, lui, avait bien le droit de trouver sa voie spirituelle où bon lui semblait. Il se mit à lui parler de doctrine, de dévouement, de réincarnation de l'esprit, de karma et de Nirvana sur un ton ferme et très persuasif. Patricia, perplexe, eut du mal à saisir toute la signification de son discours.et fut dans l'incapacité de rétorquer. Puis, il laissa le silence s'installer entre eux en la regardant d'un air désapprobateur. Gênée, elle prit cependant son courage à deux mains pour le questionner une nouvelle fois :

— Quand avais-tu l'intention de m'en parler ?

Il haussa les épaules comme s'il s'agissait d'un détail.

— Justement aujourd'hui, mentit-il. Tu ne m'aimes plus ? Je le sens; je n'ai plus qu'à mettre fin à mes jours.

Rouge de honte, elle détourna le regard en se reprochant son agressivité. Elle sentit fondre sa colère lorsque, sans mot dire, il lui tapota sur l'épaule et lui tendit presque timidement son paquet cadeau. Cette fois-ci, elle l'ouvrit et lui sourit en découvrant le magnifique chapeau à voilette, couleur crème, qu'il lui avait acheté pour aller avec sa tenue de mariage. Elle lui sauta dans les bras en lui demandant pardon pour son accueil froid et suspicieux. Malgré ses excuses, Gérard passa toute la soirée à bouder. Patricia préféra rentrer dormir chez elle à cause de l'atmosphère étouffante qui régnait entre eux depuis leur dispute.

Chapitre 24

Christine apprit avec beaucoup de dépit la réaction de Patricia. Sophie était en plein désarroi mais son interlocutrice lui demanda de penser avant tout au bébé qui allait naître.

— Je garderai aussi un œil sur elle ; ne t'en fais pas ! De toute façon, ta mère et moi allons faire du shopping aujourd'hui. Elle va certainement m'en parler mais je ferai l'ignorante, je suis douée pour ça !

Sophie éclata de rire en entendant les dernières paroles de Christine puis raccrocha un peu plus détendue. Ouf, il était temps ! Patricia arrivait dans la cour de la ferme. Elle était tirée à quatre épingles et sentait une agréable odeur de musc qui vous prenait néanmoins à la gorge, à cause de la température excessive de ce début de matinée. Elle était contrariée et affichait une moue boudeuse que son amie remarqua aussitôt.

— Toi, il y a quelque chose qui te chagrine ?

— On ne peut vraiment rien te cacher, rétorqua Patricia.

— Que veux-tu ? Je lis en toi comme dans un livre ouvert. Alors, raconte !

Elle lui narra tout sans oublier de lui parler de sa décision de faire un contrat de mariage et, de se tenir à l'écart de la communauté. Christine feignit la surprise tout en s'emportant devant les mensonges de Gérard, au fur et à mesure que Patricia les énumérait. Elle la félicita, cependant, de ses bonnes résolutions et se hasarda à lui poser une question cruciale à ses yeux.

— L'aimes-tu toujours ?

La réponse qui s'ensuivit la sidéra ainsi que l'aveuglement dont faisait preuve Patricia.

– Bien sûr. Sinon je ne serai pas là avec toi pour acheter ma tenue ! s'écria-t-elle abasourdie. Tu sais qu'il avait l'intention de m'en parler hier soir, mais je ne lui en ai pas laissé le temps.

Le visage de Christine exprimait une telle consternation devant la crédulité de son amie que cette dernière changea délibérément de sujet, et lui demanda si elle était prête en regardant sa montre.

– Une minute, s'il te plaît, je me change et j'arrive.

– O.K. Au fait, je te paie le restaurant, ce midi, lui cria Patricia en bas des escaliers à nouveau toute guillerette.

Christine, perplexe, se gratta la tête. Elle réapparut, au bout de cinq minutes, vêtue d'un jean et d'une tunique ample à manches courtes, puis s'installa dans la Golf de son amie qui prit immédiatement la direction du centre-ville de Rennes. Patricia n'eut aucun mal à trouver une robe en mousseline rose qui épousait parfaitement ses formes et la mettait en valeur. Christine ne put que s'incliner devant le choix judicieux de son amie. Elle émit un sifflement d'admiration en la voyant sortir de la cabine d'essayage. La vendeuse suggéra à Patricia d'acheter un caraco beige de la couleur du chapeau pour compléter sa toilette.

Les emplettes terminées, les deux femmes se dirigèrent à pied dans une petite rue calme pour s'y restaurer. Il était tout juste midi, mais les clients commençaient à arriver pour le déjeuner. Elles choisirent une petite table en retrait pour pouvoir discuter tranquillement. Christine en profita pour mettre au point leur escapade en Espagne. Grâce à son smartphone, elle lui montra le splendide hôtel qu'elle avait réservé dans un quartier calme de Barcelone, et lui montra tous les endroits qu'elles devaient absolument visiter. Patricia semblait absente l'écoutant d'une oreille distraite. Christine, vexée, s'en rendit compte et lui en fit la remarque.

— Si je t'ennuie, surtout n'hésite pas à me le dire !

Son amie sursauta.

— Oh, excuse-moi ! J'étais juste en train de penser que je n'en ai pas parlé à Gérard ; il sera en congé la semaine où nous partirons.

— Eh bien ! Où est le problème ?

Patricia se troubla un instant en voyant Christine la dévisager avec étonnement puis, ajouta d'une voix mal assurée :

— Il n'y en a pas mais il faut que je l'informe de notre départ.

Alors Christine, triomphante, fouilla dans son sac et sortit deux billets d'avion.

— Je te donne le tien maintenant au cas où je l'oublierais à la maison.

Patricia la remercia et elles continuèrent à discuter des préparatifs du mariage. Elles quittèrent le restaurant, un peu excitées par le vin qu'elles avaient bu, et rejoignirent leur voiture garée à proximité du parking souterrain. Le retour se fit dans un silence quasi monacal car Christine, légèrement enivrée, s'endormit très vite sur le siège passager.

Gérard, quant à lui, contrarié par la soirée qu'il venait de passer avec Patricia fut d'une humeur exécrable au bureau. S'il avait pu se confier à Jasmina et médire de sa compagne il ne s'en serait pas privé, mais celle-ci ignorait tout de sa relation intime avec Patricia. Elle le croyait seul, vivant sans attache, depuis son divorce imaginé de toutes pièces par son esprit malade. À la pause-café, constatant qu'il était d'humeur maussade, Jasmina lui proposa de venir déjeuner chez elle dans l'espoir de lui changer les idées. Gérard accepta sa proposition sans se faire prier. Sa bonne humeur revenue, il se frotta les mains pressentant que ses chakras allaient être bientôt rééquilibrés grâce à cette invitation inattendue.

Pendant une partie du repas, il joua le rôle de la victime en n'arrêtant pas de critiquer ses collègues de travail pour leur incompétence, tout en fustigeant la direction pour la surcharge de travail qui lui incombait jusqu'aux vacances. Jasmina l'écoutait, compatissante, sa jolie tête inclinée sur le côté : elle aussi rencontrait les mêmes exigences de la part de ses employeurs. Puis il s'interrompit en la regardant d'un air énamouré, changea de sujet et se mit à philosopher sur l'Amour. Sa collègue, surprise, par ce brusque revirement de situation, se laissa bercée par ses mièvreries. Lorsqu'il se leva enfin de table, il la prit dans ses bras vigoureux cherchant avidement ses lèvres ; Cette fois-ci, Jasmina ne s'enfuit pas, mais Gérard se ravisa immédiatement en s'excusant de son audace.

En guise de réponse, elle ferma les yeux et lui tendit à nouveau ses lèvres charnues. Ne voulant pas brûler les étapes, il la repoussa gentiment en l'embrassant sur le front et l'invita à reprendre le chemin du bureau. Jasmina, déçue, espérait néanmoins une invitation mais il la quitta sans rien lui promettre. Les évènements de la veille exigeaient de lui une conduite exemplaire : il ne fallait surtout pas éveiller les soupçons de Patricia ni de sa famille sur ses véritables desseins. Il allait maintenant devoir être prudent jusqu'au mariage. Il se mit à sourire intérieurement devant la naïveté de Patricia, prête à toutes les concessions pour s'accrocher à son rêve de petite fille : il n'était pas son prince charmant et ne le deviendrait jamais.

Il n'éprouvait pas l'ombre d'un sentiment pour elle. De toutes les manières, il était bien incapable de ressentir de l'amour pour qui que ce soit. Ce mot, à sa simple évocation, lui faisait horreur et lui donnait la chair de poule.

Seul l'argent que possédait Patricia avait été l'élément déclenchant pour nouer une relation avec elle. De surcroît, elle était jolie ce qui ne gâchait rien, car ce n'était malheureusement pas toujours le cas avec les femmes aisées : il avait déjà été confronté à de véritables laiderons mais celles-ci avaient, malheureusement, un don de double vue pour repérer les manipulateurs tels que lui. Gérard, comme tout pervers, avait besoin de la beauté, du bonheur de sa victime pour y déverser toute sa noirceur. Il était, en quelque sorte, une espèce de vampire se nourrissant de la substance vitale des autres pour continuer à exister.

Lorsqu'il rentra chez lui, il fut agréablement surpris de voir Patricia qui l'attendait, un sourire aux lèvres. Bella désireuse de ne pas être en reste se rua sur lui pour lui faire la fête. Il souleva la petite chienne de terre pour la caresser longuement. Une fois les effusions terminées, il remarqua que sa compagne avait déjà dressé la table et, allumé quelques bougies tandis qu'une bonne odeur de sucré-salé s'échappait de la cuisine.

— Que fêtons-nous aujourd'hui ? s'enquit Gérard étonné.

— Aurais-tu oublié ? dit-elle câline en se collant contre lui.

Gérard se gratta la tête et fouilla désespérément dans sa mémoire sans succès. Patricia, magnanime, vint à sa rescousse en lui annonçant que ça faisait déjà un mois qu'il se connaissait. Son compagnon sourit et la prit délicatement dans ses bras telle une fleur à peine éclose, pour l'embrasser langoureusement. Elle en profita pour lui annoncer qu'elle partait en vacances quelques jours avec Christine à Barcelone, au début du mois d'août.

Elle s'empressa de préciser que c'était prévu de longue date bien avant qu'elle ne fasse sa connaissance. Elle ajouta qu'elle comprendrait parfaitement qu'il soit déçu, mais elle ne pouvait plus refuser maintenant : les billets d'avion étaient déjà achetés. Gérard, les bras croisés sur sa poitrine, fit un signe de tête en guise d'assentiment. Il ajouta qu'il avait prévu, cette semaine-là, de la passer auprès de sa communauté. Patricia se mordit les lèvres pour ne pas le gifler mais se retint de déclencher les hostilités. Il saurait suffisamment tôt qu'elle n'avait pas l'attention de le suivre sur cette voie.

– Chaque chose en son temps, songea-t-elle.

Puis, ils passèrent à table. Patricia déboucha une bouteille de champagne pour sceller leur amour et leur future union.

Chapitre 25

Le voyage en avion, au départ de Nantes, se passa agréablement. La veille, Patricia avait fait ses adieux à son compagnon qui, heureux d'être enfin en vacances, était d'humeur charmante. Durant son absence, il promit de bien s'occuper de Bella et de s'occuper des derniers préparatifs du mariage. C'est le cœur léger que sa compagne le quitta tôt, le lendemain matin, pour s'engouffrer dans la voiture de Christine, direction Barcelone. Son amie, en parfaite organisatrice, avait programmé les visites culturelles à faire pendant la semaine, tout en repérant les meilleurs restaurants et les bars branchés de Barcelone. Patricia était aux anges, détendue, et comptait bien profiter de son séjour.

Après deux heures de vol, elles foulèrent le tarmac sous un soleil de plomb. Il était dix heures du matin quand un chauffeur de taxi les conduisit à leur hôtel, en périphérie du centre-ville, dans un quartier calme et luxueux. Christine était un véritable globe-trotter habitué à se débrouiller seule dans un pays étranger. À toutes les vacances scolaires, elle partait avec des amis ou avec son mari quand son travail le lui permettait. Elle aimait voyager et l'aventure ne lui faisait pas peur. À peine les bagages défaits, Christine entraîna Patricia dans le hall de l'hôtel et demanda au réceptionniste un plan du métro.

— Je t'emmène dans le « barrio gotico » de Barcelone pour y manger les meilleurs tapas du monde et les poissons les plus raffinés, affirma Christine, enchantée, à l'idée de parcourir les ruelles étroites avec son amie au cœur même de la ville historique.

— Je te suis les yeux fermés mais, s'il te plaît, marche moins vite, soupira Patricia qui avait du mal à la suivre.

Christine se repérait facilement sur une carte et, prendre le métro avec elle était un jeu d'enfant. Dans cette ville cosmopolite, les deux femmes se complétaient à merveille : Patricia parlait couramment l'anglais tandis que Christine maîtrisait l'espagnol. À cette époque de l'année, les rues étaient noires de monde mais cette dernière, avec son flair infaillible, réussit à se faufiler dans ce labyrinthe grouillant pour arriver à l'endroit repéré une semaine avant sur Internet.

Cependant, elles arrivèrent difficilement à trouver une table à l'extérieur pour se restaurer. Elles passèrent un moment agréable à manger une paëlla maison, accompagnée d'un petit vin rouge servi dans un Porron, tout en observant le va-et-vient incessant des clients. Puis au bout d'une heure, Christine donna le signal du départ en se levant de table pour aller à « La casa batlló. »

Une foule compacte faisait déjà la queue mais Christine avait réservé les tickets sur Internet et l'attente fut donc écourtée. Cette maison, haute de cinq étages, avec de nombreux balcons ressemblant à des masques gigantesques, était à l'image de son propriétaire, « Antoni Gaudí » : de grands espaces lumineux ressemblaient à une étrange forêt avec ses voûtes imposantes, ses éclairages en forme de grosses mouches, ses cheminées extérieures fantaisistes, ses vitraux réfléchissant la lumière extérieure, sa terrasse fleurie avec une vue à vous couper le souffle sur les toits de Barcelone et sur les jardins environnants.

À l'image de l'architecte, cette bâtisse devenue un musée recelait des trésors d'ingéniosité. Tout y était grandiose ! Patricia et Christine se trouvaient dans une autre dimension à la limite du réel. Elles ne virent pas le temps passé, occupées qu'elles étaient à ne pas perdre une miette du génie de l'artiste. Elles scrutaient chaque pièce, chaque meuble, se servant de leur smartphone pour immortaliser le moment présent. À la fin de la visite, elles se firent prendre en photo sur le balcon. Elles finirent la journée en faisant du shopping dans la rue la plus huppée de Barcelone. Le portable de Patricia retentit. Elle décrocha avec précipitation en voyant s'afficher le numéro de Gérard. Christine était dans une cabine en train d'essayer un nouveau pantalon.

— Allô, c'est moi ! Comment vas-tu ?

— Très bien et toi ?

— Tu me manques cruellement. J'ai hâte de te serrer dans mes bras, ajouta Gérard d'une voix étouffée.

— Moi aussi, mon amour.

—Que fais-tu en ce moment ?

— Nous faisons du shopping mais avant, nous avons visité le musée « Gaudí. » Demain, nous irons voir « La Sagrada Familia. » Si tu voyais cela, les œuvres de cet artiste sont impressionnantes. Christine a tout planifié comme d'habitude : nous allons voir des sites remarquables.

— Ce n'est pourtant pas ce que je serais allé voir en priorité, répliqua Gérard.

— Ah, bon ! Qu'aurais-tu fait ?

— Je t'aurais emmenée visiter le musée « Picasso », en premier, puis ensuite le théâtre « Del Liceu... »

— On ne peut pas tout voir en si peu de jours ; il faut bien faire des choix, riposta Patricia.

— À mon avis, ta copine n'a pas fait les bons mais ce n'est pas nouveau.

Piquée au vif, sa compagne exigea des explications.

— Voyons, ouvre les yeux ! Tu es complètement dépendante de ce qu'elle dit ou de ce qu'elle fait. Elle est pourtant loin d'être parfaite. De toute façon, je n'arriverai pas à te convaincre, c'est peine perdue ! Je t'appellerai demain. Amuse-toi bien et n'oublie pas que.je t'aime. Puis il coupa la communication. Elle rangea son portable dans son sac, perplexe, ne comprenant pas les critiques de Gérard à l'encontre de son amie. Elle poussa un profond soupir de lassitude et s'en alla rejoindre Christine qui l'attendait patiemment.

— Que t'arrive-t-il ? Une mauvaise nouvelle ? Je te trouve bien mélancolique d'un seul coup.

— Non. C'était Gérard au bout du fil.

— Tout va bien ?

— Oui.

— Parfait !

Christine regarda sa montre puis ajouta :

— Il est l'heure de rentrer à l'hôtel pour lc dîner. Cette découverte de la ville m'a donné faim pas toi ?

— Oh oui !

Elles hélèrent un taxi pour arriver au plus vite. Dans la salle du restaurant, elles mangèrent une délicieuse tortilla, burent un peu de vin et se délectèrent d'une glace maison. Puis, c'est avec joie qu'elles retrouvèrent leurs lits respectifs, exténuées par cette journée bien remplie.

Le lendemain matin, Christine fut la première à se réveiller et à prendre sa douche. Le bruit de l'eau dans la salle de bains fit sortir Patricia de sa léthargie. Elle s'étira longtemps puis se leva pour tirer les lourds rideaux de la porte-fenêtre. Elle fut aussitôt aveuglée par la lumière du soleil. Il était à peine neuf heures mais il faisait déjà chaud à l'extérieur. Heureusement, leur chambre était climatisée, car elles n'auraient pas pu dormir à cause de la chaleur étouffante qui réussissait à s'infiltrer dans toutes les pièces.

Au bout d'une heure, elles furent prêtes à affronter la touffeur de ce début de matinée, habillées légèrement, coiffées de chapeaux à larges bords pour la visite de « La

Sagrada Familia. » Elles prirent le bus pour s'y rendre et arrivèrent sur une place bondée de touristes : Barcelone était une ville très cosmopolite. Depuis des années, la cathédrale était en rénovation mais elle ne désemplissait pas. Quand Patricia et Christine entrèrent, elles restèrent sans voix : l'endroit était grandiose.

— On se croirait dans une forêt pas dans une cathédrale, murmura Christine à l'adresse de son amie, les yeux rivés au plafond.

— Quel génie cet Antoni Gaudí !

— Je comprends mieux pourquoi ce site est classé au patrimoine mondial. Regarde, c'est à peine croyable ! Il a même réussi à représenter les nœuds sur les branches des arbres pour soutenir l'édifice.

— Et toutes ces couleurs sur les vitraux ! Du bleu, du vert, de l'orange…

Elles continuèrent leur visite, le nez en l'air, se faisant bousculer sans cesse par les visiteurs, mais elles n'arrivaient pas à détacher leur regard de ce qui, pour elles, représentait un coup de génie. La matinée se passa ainsi sans qu'aucune des deux ne manifestât le désir d'aller déjeuner. La sonnerie du portable de Patricia retentit à cet instant. Celle-ci sortit de la cathédrale et fit un petit signe de la main à son amie pour lui indiquer qu'elle l'attendait dehors. Avec le bruit de la rue, elle dut s'isoler un peu et coller son portable contre son oreille.

— Ah, c'est toi, mon amour ! Ne m'en veux pas mais je capte mal ; nous sommes à « La Sagrada Familia. » Le parvis est noir de monde. Où es-tu ?

— Je donne un coup de main à Momo pendant que tu prends du bon temps…

— Serait-ce un reproche ?

— Non, je plaisantais. Tu me manques affreusement.

— Toi aussi mais je vais te laisser car je ne t'entends plus.

Je t'appellerai demain. Je t'aime.

La communication coupa avant même que Gérard puisse répondre. Frustré, il tapa violemment du poing sur la table et fit tomber son portable qui roula avec fracas sur le carrelage de la salle à manger.

– Si au moins Jasmina avait été là, pensa-t-il, j'aurais pu lui rendre visite et passer un bon moment avec elle mais cette « bécasse » est partie en vacances au Qatar. Quelle malchance ! J'aurais pu profiter de l'absence de Patricia pour conclure en toute tranquillité. Perdu dans ses pensées, il ne vit pas arriver monsieur Louis qui, devant son regard lointain et sa mine dépitée, lui demanda si tout allait bien.

– Oui, oui, un simple contretemps.

– Tant-mieux ! Alors ce mariage ? C'est pour bientôt ?

– Dans une semainc et demie.

– Bien. Patricia est-elle prête à intégrer notre communauté ?

– Certainement.

Il lui tapota amicalement l'épaule.

– Si je ne vous revois pas avant votre mariage, je vous adresse tous mes vœux de bonheur.

– Merci.

Pendant ce temps ; Christine et Patricia arpentaient la grande artère de « La Rambla », d'un pas décidé, pour se rendre au marché animé de « La Boqueria. » Elles furent obligées de jouer des coudes pour se frayer un passage à l'intérieur. Les couleurs des étals accrochaient le regard, tandis que d'agréables odeurs d'épices venaient chatouiller les narines de nos deux touristes.

– C'est une véritable débauche de saveurs, constata Patricia qui fit signe à son amie d'observer le cuisinier qui préparait un plat épicé derrière son comptoir.

Elles se regardèrent du coin de l'œil et, profitèrent de deux places qui venaient de se libérer pour s'installer sur de hauts tabourets, au beau milieu du marché. Christine tournait le dos à plusieurs tresses de piments rouges suspendues en guirlandes, à l'étal du marchand de légumes. De nombreux clients faisaient la queue pour s'en procurer Après avoir examiné le menu, elles commandèrent du poisson accompagné de légumes sans oublier de boire un verre de sangria.

Il était déjà quinze heures quand elles quittèrent le marché toujours bondé. Elles se promenèrent sur la grande avenue de « La Rambla », observant tour à tour les oiseaux dans leurs cages en osier, admirant au passage les fleurs, les automates qui rivalisaient d'ingéniosité pour capter l'attention du touriste... Elles restèrent un long moment à les regarder quand un peintre caricaturiste leur fit signe d'approcher.

– Mesdemoiselles, voulez-vous que cet instant reste à jamais gravé dans vos mémoires ?

L'approche très courtoise de ce monsieur entre deux âges, aux cheveux blancs et longs retenus par un nœud en velours dans le dos, aux yeux d'un bleu intense et d'une beauté presque parfaite eut raison de leurs réticences. D'un simple coup d'œil, elles prirent place sur des chaises en face de l'artiste. Quant au bout d'une longue heure de pose, elles purent enfin se regarder, elles éclatèrent de rire tant le vieil homme avait repéré et accentué leurs petits défauts physiques.

Puis elles continuèrent leur marche quand, tout à coup, elles virent tous les visages des passants, hilares, tournés vers un balcon en fer forgé au deuxième étage. Une belle femme ressemblant étrangement à Maryline Monroe essayait en vain de retenir sa robe blanche qui, à cause d'une soufflerie, se soulevait et dévoilait ses longues jambes ainsi que ses dessous. Sur une des fenêtres, juste à côté d'elle, était écrit en grosses lettres : « Musée de l'érotisme. »

C'est alors que Patricia aperçut une lueur coquine briller dans le regard de Christine, qui l'entraîna au pas de course vers des plaisirs érotiques.

Celle-ci se laissa conduire en lui adressant un sourire complice. L'endroit était encore rempli de monde, malgré l'heure tardive. Elles passèrent un moment agréable à regarder les tableaux de femmes et d'hommes dénudés, à observer les objets exposés et à imaginer leur utilisation dans l'intimité… Elles ressortirent, ravies, puis s'engouffrèrent dans un magasin de lingerie féminine. Cette visite au musée les avait un peu émoustillées et rendues euphoriques. Elles essayèrent de très jolis modèles et repartirent, toutes les deux, avec un paquet sous le bras : elles venaient d'acheter des dessous en dentelle très suggestifs qu'elles espéraient bien porter dans l'intimité de leurs chambres à coucher respectives. Elles quittèrent, enfin, cette longue avenue bruyante pour retrouver la tranquillité de leur hôtel.

Chapitre 26

Après une bonne nuit de repos, nos deux touristes se préparaient à visiter « Le Park Güell » classé au patrimoine mondial de l'Unesco. Il fallait monter de nombreuses marches pour y accéder mais le lieu en valait le détour. Comme d'habitude, Christine avait tout planifié : il suffisait qu'elles montrent leur réservation sur leur smartphone pour ne pas faire la queue au guichet. C'était leur troisième journée de vacances et Patricia profitait pleinement du moment présent.

Il fallait, pourtant, qu'elle informe Gérard de sa décision de faire un contrat de mariage et de leur rendez-vous à l'office notarial. Christine n'arrêtait pas de le lui rappeler mais Patricia remettait toujours sa décision au lendemain. Comment allait-il prendre la nouvelle ? Il fallait absolument qu'elle prenne son courage à deux mains aujourd'hui pour lui en parler. Elle en discuta avec son amie qui l'approuva puis, elles partirent à la découverte du parc en s'arrêtant quelques instants pour prendre des photos de la ville et de la mer qui s'étalaient à perte de vue.

— Je suis pressée de voir le spectacle de flamenco ce soir, conclut Christine avec un sourire.

Patricia sursauta au son de sa voix. Elle était plongée dans ses pensées et n'arrivait pas à faire abstraction de la nouvelle qu'elle devait annoncer.

— Oui, moi aussi mais je serai plus sereine quand j'aurai appelé Gérard.

— Alors, fais-le maintenant et tu seras débarrassée.

D'une voix douce mais ferme, elle lui désigna un

endroit calme à l'écart de la foule puis s'éclipsa. Il faisait une chaleur lourde et, malgré l'heure matinale, Patricia s'épongeait le front avec son mouchoir. Elle sortit son portable de son sac à dos. La sonnerie retentit plusieurs fois avant que quelqu'un ne décroche.

— Allô, Gérard ! Je ne te réveille pas ?

Une voix endormie lui répondit.

— Je viens de me lever. Tu es déjà debout ?

— Oui. Nous sommes au Park Güell. Nous avons l'intention d'y passer une partie de la journée et, ce soir, nous allons voir un spectacle de flamenco.

— Tant mieux ! Je vois que les vacances se passent bien, dit-il avec bonhomie.

Patricia profita des bonnes dispositions de son compagnon pour l'informer de la décision qu'elle avait prise.

— À propos, Gérard, j'ai oublié de te parler de quelque chose de très important avant que je parte.

— À quel sujet ?

Patricia expira profondément pour se donner du courage et enchaîna :

— J'ai décidé de faire un contrat de mariage pour préserver tous les biens que Jacques et moi avons achetés. Le notaire m'a fixé un rendez-vous à son cabinet mardi prochain. Pourras-tu être là ?

Un lourd silence lui fit écho. Patricia crut que Gérard avait raccroché. Puis, sa voix cinglante se fit entendre à nouveau.

— Merci de me tenir au courant ; je croyais pourtant que je comptais un peu plus pour toi !

— Voyons Gérard, ne mélange pas tout, s'il te plaît ! L'argent est une chose, l'amour en est une autre. Alors, viendras-tu ?

Elle l'entendit râler.

— Je n'ai pas vraiment le choix mais tu me déçois. Je te laisse, quelqu'un frappe à la porte. Amuse-toi. À bientôt.

Il coupa la communication d'un doigt rageur tout en se grattant la tête nerveusement avec sa main gauche.

— Quelle garce ! Si je m'attendais à cela juste avant notre mariage mais je n'ai pas dit mon dernier mot. En attendant, il faut que j'assure mes arrières.

Il alluma fébrilement son ordinateur, tapa le mot clé « contrat de mariage » sur un moteur de recherche et lut les informations, donnés, avec le plus grand intérêt.

Patricia, soulagée d'un poids, fit signe à son amie de venir la rejoindre et lui expliqua leur conversation en quelques mots.

— Je ne sais pas si j'ai bien fait de faire un contrat de mariage. Au son de sa voix, j'ai senti que je lui avais fait de la peine.

— Voyons ! Tu n'as rien à te reprocher. S'il t'aime, il finira par comprendre ; laisse-lui un peu de temps, attends qu'il te rappelle.

— Tu as certainement raison.

Christine tourna la tête pour que son amie ne puisse voir le découragement dans son regard. Puis elles se remirent en marche et arrivèrent devant deux maisons, dont la toiture ressemblait à deux cornets de glace à la vanille. De petits fragments de céramique cassée coloraient leur façade. Christine et Patricia entrèrent dans l'une d'entre elles pour y acheter des souvenirs.

Elles continuèrent leur promenade en prenant un escalier double, divisé en volées, sur lequel un dragon aux couleurs très vives les observait du coin de l'œil. Plusieurs serpents, enlacés dans un enchevêtrement de mosaïque, trônaient en haut des marches, nimbés d'une auréole. Arrivées près d'une fontaine, elles s'éclaboussèrent pour se rafraîchir un peu et, Christine profita de ce moment de détente pour photographier Patricia à son insu. Cette dernière, coquette, voulait toujours prendre la pose pour paraître à son avantage

– Que fais-tu ?

Pour toute réponse, Christine leva son portable :

– Voilà, je viens d'envoyer un MMS à Sophie.

– Oh, non ! Tu n'as pas fait ça ? Je suis toute mouillée. Fais attention à toi !

Elles éclatèrent de rire comme deux adolescentes espiègles puis contournèrent rapidement un espace couvert, surmonté de lourdes colonnes, qui était initialement prévu pour abriter un marché. Elles accélérèrent le pas parce qu'elles n'avaient que quelques minutes pour se rendre au musée Gaudí, une des deux maisons, à la façade rose, construites dans le parc. Là, elles découvrirent la facette pieuse de l'artiste en s'attardant dans sa chambre au mobilier austère et épuré.

Le soleil était au zénith lorsqu'elles achevèrent leur visite. Fatiguées, elles s'assirent à l'ombre des palmiers pour faire une pause et manger un sandwich. Pendant leur repas, elles assistèrent à un spectacle de musique tsigane. Christine aimait les accents voluptueux de ces mélodies depuis qu'elle était toute petite. Ces jeunes hommes au teint basané, à l'allure svelte, au regard fier et noir, aux cheveux longs la subjuguaient. N'y tenant plus, elle se leva du banc sur lequel elle était assise et se mit à bouger au son de la musique. Un des musiciens la remarqua immédiatement et l'entraîna dans une danse, suave et sensuelle, rythmée par les accents des guitares et des claquettes.

Patricia en profita pour prendre une photo de son amie, tapant des pieds, claquant des doigts et évoluant dans les bras du jeune gitan. Elle aurait aimé lui ressembler et pouvoir se laisser aller en public, mais elle manquait beaucoup trop de confiance en elle pour s'abandonner ainsi. À la fin de leur prestation, le couple fut applaudi chaleureusement et Christine, exultant, les joues rouges, rejoignit Patricia qui lui montra la photo qu'elle venait de prendre. Au lieu de se fâcher, celle-ci lui demanda de l'envoyer à Thierry.

— Il sera ravi de voir que je profite de mes vacances.

— Quelle chance tu as d'avoir un mari aussi généreux !

Christine répondit en pointant un index sur sa tempe.

— Je ne suis pas folle ! Je l'avais déjà repéré à l'école maternelle et ne t'avise pas de me le voler, sinon je serai capable de t'écorcher vive !

— Ne crains rien ! J'ai trouvé l'homme de ma vie.

Elles se tapèrent amicalement dans le dos et continuèrent leur visite dans les jardins, s'émerveillant de la nature, du chant des oiseaux dans les arbres... La ville grouillante qui était pourtant proche semblait irréelle tant le calme et la verdure dominaient dans le parc. Lasses de marcher, elles se reposèrent un moment sur le banc ondulé qui entoure « la place de la nature », et qui est visible sur toutes les cartes postales de Barcelone. Puis elles quittèrent l'endroit à regret, juste à temps pour assister au spectacle de Flamenco dans une petite salle proche de « La Rambla. »

Elles passèrent un moment divin à regarder cette femme d'un certain âge, d'une beauté presque parfaite, virevolter avec grâce dans sa tenue de flamenco rouge et noire. Tous les spectateurs étaient sous le charme et retenaient leur respiration pour ne pas perturber ce moment magique. Tout son corps ondoyait, flirtant avec l'espace, tandis que ses pieds frappaient le sol en cadence au rythme des castagnettes. Légère, aérienne, elle se jouait des lois de la pesanteur.

C'était une danseuse remarquable en osmose parfaite avec la musique. La salle était subjuguée comme envoûtée.

Puis, elle quitta la scène sous les applaudissements répétés des spectateurs pour laisser place aux musiciens. Le spectacle continua avec un couple impétueux exécutant une chorégraphie d'un air altier. Nos deux amies quittèrent la salle sans dire un mot, le regard brillant, encore sous le charme de cette soirée merveilleuse. Elles s'endormirent paisiblement avec des étoiles, pleins les yeux.

Chapitre 27

La sonnerie du téléphone réveilla en sursaut Patricia et l'obligea à sortir de sa torpeur matinale. Déjà neuf heures ! À côté d'elle, Christine poussa un grognement de mécontentement et rabattit le drap sur sa tête. Son amie sortit de la chambre sur la pointe des pieds. Gérard s'impatientait depuis quelques minutes.

— Allô ! Tu m'entends ?

— Oui mais je suis obligée de parler tout bas, Christine dort encore.

— Je t'appelle au sujet de notre conversation d'hier ; j'ai longuement réfléchi et j'ai décidé moi aussi de faire un contrat de mariage. As-tu les coordonnées de ton notaire pour que je puisse le contacter ?

— Bien sûr. Tu as une minute ?

Patricia saisit son sac à main sur la table de salon et, en retira une carte de visite sur laquelle était inscrite un numéro de téléphone.

Gérard l'ajouta dans ses contacts.

— Je te remercie. Je l'appellerai dans la journée.

— Que fais-tu ?

— Je suis à M ; je donne un coup de main à Momo avec l'aide de Bella. Et vous, qu'avez-vous prévu aujourd'hui ?

— Nous allons profiter de la plage avant de partir. Il fait de plus en plus chaud et c'est le seul moyen d'échapper à la canicule.

Patricia s'éloigna un peu et ajouta à voix basse :

— Tu me manques cruellement. J'ai hâte de te revoir !

— Moi aussi. La vie est triste sans toi. Reviens vite ! Si tu es d'accord, je viendrai te chercher dimanche à l'aéroport avec Bella.

— C'est une excellente idée. Je vais en toucher deux mots à Christine et je te redis. À bientôt. Je t'embrasse.

Patricia fila sous la douche heureuse comme un pinson. Quand elle sortit, Christine était déjà habillée et l'attendait pour aller prendre leur petit déjeuner. La chaleur était encore plus lourde que la veille et nos deux amies, attablées devant leur bol, apprécièrent la grande salle climatisée du restaurant. Contrairement à d'habitude, elles prirent leur temps pour musarder et flâner aux alentours de l'hôtel. La veille, Christine avait repéré un petit restaurant dont les plats en devanture étaient très alléchants.

En attendant, elles se promenèrent dans le parc voisin et profitèrent des nombreux espaces ombragés pour admirer la faune et la flore : les bougainvilliers, les oiseaux du paradis, les cactées, les aras... Loin de la ville en effervescence, elles se ressourcèrent à l'abri des hauts murs en écoutant le chant des perruches et le ruissellement des fontaines. Depuis la veille, le thermomètre n'arrêtait pas de grimper. Elles décidèrent donc de passer le reste de leurs vacances à profiter de la plage et des joies de la baignade. Tout Barcelone s'était donné rendez-vous au même endroit. Les glaces et les boissons fraîches remportaient d'ailleurs un vif succès.

Christine et Patricia, peu habituées à des températures excessives furent soulagées de retourner en Bretagne. Au moment de quitter l'hôtel, elles laissèrent des pourboires généreux aux personnels de service, pendant que Patricia leur faisait la promesse de revenir bientôt avec son futur mari. Le voyage en avion fut de courte durée. Nos deux amies constatèrent avec une joie non feinte, que leurs compagnons respectifs les attendaient derrière la vitre de l'aéroport. Au moment de partir, Christine s'adressa à

Patricia sur le ton de la boutade :

— Un peu d'air breton dans les bras de son homme, ça fait du bien !

Son amie lui sourit puis courut, à son tour, se réfugier dans les bras grands ouverts de Gérard qui avait beaucoup de mal à empêcher Bella de sauter sur sa maîtresse. Pendant tout le trajet, Patricia, volubile, raconta ses vacances en n'omettant aucun détail. Tout en conduisant, il l'écoutait avec la plus grande attention évitant les sujets qui fâchent. Il devait faire preuve, pour le moment, de patience et de diplomatie afin de ne pas éveiller les soupçons de sa future femme. Il était comme le chat qui guette sa proie pour s'en délecter avant la mise à mort.

Gérard caressa le corps ambré de Patricia, lovée contre lui, la tête sur sa poitrine, épuisée par leurs ébats amoureux. Au moment de s'endormir, il lui susurra des mots doux comme lui seul savait le faire. Tout en lui caressant les cheveux, il affirma que rien ni personne ne pourrait les séparer mais que, malheureusement, l'avenir réservait parfois des surprises.

— Que veux-tu dire par là ? le questionna Patricia, écarquillant les yeux.

— Des choses toutes simples. Imagine un instant que tu décèdes avant moi - ce que je ne souhaite pas bien sûr - tes enfants hériteront et pourront me jeter à la rue comme un vulgaire malpropre.

— Mes enfants ne feraient jamais cela ! s'écria Patricia en se redressant.

— J'en suis convaincu, mais c'est une éventualité à ne pas négliger si tu m'aimes autant que tu le dis.

— Comment peux-tu en douter un seul instant ?

Elle quitta ses bras protecteurs en colère puis se radoucit aussitôt.

— Bon, bon, je suis fatiguée. On en parlera chez le notaire

demain matin et nous verrons ce qu'il en pense. Tu es content ?

Elle n'attendit pas sa réponse et se tourna de l'autre côté du lit en poussant un profond soupir.

– Oui mais je ne veux pas que cela te contrarie, mon amour, conclut-il en venant se blottir tout contre elle.

D'une voix ensommeillée, elle lui souhaita une bonne nuit sans lui apporter de réponse.

Chapitre 28

Le lendemain matin, Gérard, le regard sombre, se laissa conduire chez le notaire. Un homme avenant et élégant leur ouvrit les portes de son cabinet. D'emblée, celui-ci prit les mains de sa cliente dans les siennes afin de la féliciter pour son mariage imminent puis, se tournant vers le futur marié, lui donna une poignée de main énergique.

Une fois installés devant le luxueux bureau marqueté, chaque conjoint fit l'inventaire détaillé de ses biens en présence de la secrétaire. Gérard trépignait d'impatience. Patricia constatant son énervement aborda la question de la donation entre époux avec le notaire qui, après quelques explications sommaires, lui remit un document complet sur le sujet et s'excusa de devoir les quitter : une urgence l'attendait.

— Pas fâché d'être enfin dehors ! s'exclama Gérard satisfait de la fin de l'entrevue.

— Moi aussi, j'ai trouvé ça un peu long.

Son compagnon ne lui répondit pas mais afficha un visage serein.

— Maintenant, il nous reste de petits détails à régler pour le mariage, précisa-t-il à l'adresse de Patricia. Par quoi commençons-nous ?

— Si tu es d'accord, nous pouvons aller, cet après-midi, chez la fleuriste commander les bouquets pour mettre sur les tables. Ensuite, il faudra penser aux décorations. Au fait, les enfants ont proposé de nous donner un coup de main le vendredi pour décorer la salle.

— Tu n'as donc pas besoin de moi demain ? C'est parfait !

Je dois m'absenter à M pour la journée : il y a quelques travaux d'aménagement à terminer.

Patricia n'essaya pas de le dissuader sachant que c'était peine perdue, mais elle trouvait le moment mal choisi. Elle appellerait ses enfants dans la soirée pour les réunir tous ensemble le lendemain. Elle leur parlerait de son voyage et de ses derniers préparatifs. Elle en fit part à Gérard qui acquiesça en secouant la tête. Après un déjeuner frugal sous la tonnelle, ils passèrent une partie de l'après-midi à faire les magasins à Rennes. La ville bretonne était très calme en ce début du mois d'août, si bien que les futurs mariés trouvèrent rapidement ce qu'ils cherchaient. Ils passèrent le reste de la journée et de la soirée à profiter de la piscine et des transats.

Gérard partit à l'aube laissant Patricia profondément endormie. Bella en profita pour sauter sur le lit et venir se coucher au pied de sa maîtresse. Celle-ci, magnanime, lui caressa les poils tout en s'étirant avec volupté puis jeta un rapide coup d'œil à son réveil.

— Déjà neuf heures ! Je n'ai pas une minute à perdre.

Sa maîtresse se leva précipitamment faisant tomber la petite chienne hors du lit et, ouvrit les volets de sa chambre. Une lumière aveuglante et bienveillante entra aussitôt dans la pièce ce qui acheva de sortir Patricia de sa torpeur matinale.

— Oh, excuse-moi, Bella ! Tu n'as rien au moins ?

Pour toute réponse, le cocker vint lui lécher les pieds.

— Parfait ! Allons déjeuner.

Une demi-heure après, sa maîtresse se lava puis s'habilla pour se rendre chez son coiffeur. À son grand désarroi, elle croisa Églantine sur le pas de sa porte. Par respect, Patricia s'arrêta quelques minutes et s'enquit des nouvelles de sa sœur. La voisine se racla la gorge avant de répondre, affligé :

— Elle va mieux mais elle a toujours de la chimio pour

tuer le mal. Et vous ? Comment allez-vous ?

— Bien, je vous remercie.

— C'est tout, petite cachottière ?

Patricia la regarda sans comprendre tandis que sa voisine enchaînait :

— Vous lui avez mis le grappin dessus à votre voisin. J'arrive de la mairie et je viens de lire les bans. Vous vous mariez bien samedi ?

— Oui, mais nous n'en avons parlé à personne car nous faisons ça dans l'intimité.

— C'est un mariage précipité, alors ?

Patricia rougit devant le manque de tact de son interlocutrice puis, leva ostensiblement son bras pour regarder sa montre.

— J'ai un rendez-vous chez le coiffeur ; je dois vous quitter. À bientôt.

— Tous mes vœux de bonheur ! lança Églantine vexée.

La future mariée arriva essoufflée chez son coiffeur visagiste qui l'attendait depuis quelques minutes. Elle s'excusa de son retard puis se laissa aller entre les mains expertes de Jérémy. Le résultat escompté fut au-delà de ses espérances : Ses cheveux, qu'elle avait laissé pousser pour la circonstance, étaient rassemblés sur le sommet du crâne en une petite natte torsadée maintenue par plusieurs barrettes discrètes en forme de fleurs.

Reconnaissante, elle adopta sa nouvelle coiffure en ne cessant de s'admirer dans le miroir. Le rendez-vous fut pris le samedi matin, dès à l'ouverture du salon. Elle retourna chez elle d'un pas léger. Patricia était dans un tel état d'excitation qu'on aurait dit « une jeune mariée. » Elle accueillit chaleureusement Sophie qui l'attendait dans le jardin. Elle ne l'avait pas revue depuis leur altercation.

— Maman, tu m'étouffes avec tes baisers ! la réprimanda-t-elle gentiment.

Patricia s'écarta en désignant le ventre arrondi de sa fille.

– Tu m'as manqué et lui aussi. Benjamin n'est pas avec toi ?

– Il arrivera un peu plus tard avec Claude et Katia. Tu sais, Ben ne sera en vacances qu'à la fin de la semaine mais, Gérard n'est pas avec toi ?

Sa mère, embarrassée, fixa le sol avant de lui répondre.

– Si, il devrait arriver d'un moment à l'autre : il est parti donner un coup de main à ses amis. Avant qu'il arrive, je veux que tu saches que j'ai fait un contrat de mariage. Pourras-tu en toucher discrètement deux mots à tes frères ?

Sa fille lui sourit en guise d'assentiment et se jeta dans ses bras en sanglotant de bonheur. Compatissante, sa mère lui essuya les yeux et lui tendit un mouchoir.

– Ne crains rien ! Je suis une grande fille ! Gérard m'aime et je l'aime. J'ai le droit de gérer ma vie comme je l'entends, tu ne crois pas ?

– Oui maman, je te fais entièrement confiance.

– Merci ma chérie. J'ai de la chance t'avoir des enfants compréhensifs !

– Et moi alors ? Je compte pour du beurre ? lança Paul, d'une voix forte, faisant sursauter sa mère et sa sœur qui ne l'avaient pas entendu arriver. Bella, quant à elle, s'était éclipsée discrètement dehors pour aller rejoindre Sam, son compagnon de jeu.

Les deux femmes se retournèrent en même temps.

– Ah, c'est toi, mon fils ! J'ai failli avoir une attaque Viens nous embrasser, vilain garçon !

– Pas pour si peu quand même, bougonna-t-il. De quoi parliez-vous toutes les deux ?

Patricia le mit au courant de leur conversation. Il attendit la fin des explications pour l'entraîner dans une valse effrénée sous les rires irrépressibles de sa sœur. Gérard arrivant sur les entrefaites écarquilla les yeux, étonné.

— Ce n'est rien ! Juste une valse à quatre temps, plaisanta Patricia.

Essoufflée, elle s'arrêta et embrassa son compagnon qui en profita pour saluer toute la famille. Gérard se comporta de manière charmante devant les enfants de Patricia. Sûr de lui, il déclara d'une voix de stentor :

— Au menu : grillades accompagnées de haricots jaunes du jardin et glaces au thé made in Patricia, sans oublier les toasts au foie gras pour l'apéro.

— Qui parle d'apéro ici alors que nous ne sommes même pas là ? s'exclamèrent plusieurs personnes.

Trois têtes hilares apparurent successivement à la fenêtre de la salle à manger. Benjamin, le plus espiègle, grimpa prestement sur le rebord et scruta l'intérieur de la pièce comme une vigie.

— Ah, c'est toi le fanfaron ! N'aie crainte, tu arrives à temps, le rassura sa belle-mère.

Puis, Patricia leva la main en guise d'invitation.

— Qui m'aime me suive sous la pergola !

Contraint et forcé, Claude donna une poignée de main à Gérard tandis que Benjamin, tout sourire, lui donna l'accolade. Quant à Katia, elle l'embrassa du bout des lèvres. Pendant tout le repas, il fut question des vacances de Patricia, du bébé, du mariage et des enfants. Le vin coulait à flots et les langues allaient bon train. La nuit était tombée rapidement sans prévenir, mais les convives profitaient de cette soirée de retrouvailles pour raconter des blagues.

À table, Gérard tenait amoureusement Patricia par l'épaule en prenant part lui aussi à la conversation, quand Claude, ivre, le questionna à brûle pourpoint sur son éthique. Surpris, ce dernier se leva de table, et prétexta un appel urgent à donner. Un silence de marbre s'abattit ensuite sur les invités. Après le départ de Gérard, Patricia fusilla son fils du regard puis, entraîna tout son petit monde à la maison pour regarder les photos des vacances. Katia resta un peu à l'écart du groupe pour morigéner son mari.

— Que cherchais-tu en lui posant cette question ? Une confrontation ? Ce n'est pourtant pas le moment de tout gâcher, pas à trois jours du mariage. En plus, tu fais du mal à ta mère.

Elle était tellement fâchée que Claude fit amende honorable et s'excusa auprès de sa mère. Après cette malheureuse anicroche, la soirée se déroula dans une atmosphère lourde, les enfants ayant hâte de partir.

— Merci pour ce bon repas, maman ; tu peux compter sur moi et sur Katia vendredi pour t'aider à décorer la salle, lança Sophie en se levant du fauteuil.

— On se retrouve donc sur place vers dix heures, précisa Patricia en éteignant l'ordinateur tout en regardant ses enfants à tour de rôle.

— Désolés mais nous ne pourrons pas vous aider, ajoutèrent Claude et Paul en chœur en embrassant affectueusement leur mère sur les deux joues.

— Ce n'est pas grave.

— Bonne nuit à tous et rentrez bien, enchaîna Gérard qui refit son apparition. Le petit groupe lui fit un petit signe de la main et reprit le chemin du retour.

Chapitre 29

Ce fut l'effervescence la plus totale le samedi suivant. Les futurs mariés se levèrent à l'aube pour se préparer. Patricia se précipita chez son coiffeur dès à l'ouverture, puis enchaîna chez son esthéticienne tandis que Gérard finissait de décorer la voiture. Contrairement à sa compagne, il était calme, déterminé, efficace, voire même distant comme si le mariage ne le concernait pas.

Patricia s'excitait toute seule, s'énervait à l'idée de voir les heures s'égrener, impuissante face aux aiguilles qui avançaient inexorablement. De retour chez elle, elle eut la surprise de voir Christine qui l'attendait dans la cuisine tout en buvant un café avec Gérard. Son amie laissa échapper un sifflement d'admiration devant sa coiffure stylée. Puis, ce dernier reçut l'ordre de quitter la pièce car il ne devait pas voir la tenue de la mariée avant la cérémonie.

— Les femmes sont toutes les mêmes aussi pénibles les unes que les autres, pensa-t-il en mettant son nœud papillon devant la glace. Vivement que cette mascarade soit bientôt terminée !

À son tour, Patricia ouvrit de grands yeux émerveillés en voyant son amie dans une robe bleu marine, coiffée d'un chapeau et chaussée, pour la circonstance, d'escarpins blancs vernis. Un léger voile orangé couvrait ses épaules et complétait sa toilette.

— Tu devrais te mettre en robe plus souvent, ça te va si bien !

En guise de réponse, Christine bougonna :

— Bon, bon, c'est ton mariage ou le mien ! Va te préparer

pendant que je finis mon café et appelle-moi dès que tu seras prête.

Quand Patricia réapparut dans la pièce, son amie resta sans voix. Elle était divine dans sa longue robe de mousseline rose qui épousait ses formes à merveille et qui lui donnait l'apparence d'une vénus. Elle rougit devant la réaction admirative de Christine puis, sans prévenir, se jeta précipitamment dans ses bras en sanglotant.

— Tu ne vas pas te mettre à pleurer ? Ce n'est pas le jour, la gronda gentiment son amie en lui tendant un mouchoir en papier.

— C'est trop d'émotion en si peu de temps, dit Patricia en reniflant.

Christine se retourna alors vers la fenêtre en entendant crisser des pas sur le gravier.

— Sèche tes larmes, les enfants arrivent.

Patricia essuya rapidement ses yeux. Elle accueillit Sophie et Benjamin avec un grand sourire.

— Que tu es belle, maman !

— Toi aussi, ma chérie.

— Oh, c'est vite dit avec mon gros ventre, plaisanta sa fille.

— Et moi alors, je suis transparent ? Personne ne fait attention à toi non plus, ma pauvre Bella, intervint Benjamin en poussant un soupir de résignation.

La petite chienne, sentant qu'il se passait quelque chose d'inhabituelle, s'était réfugiée dans son panier et faisait semblant de dormir. À l'appel de son prénom, elle se leva et vint se frotter contre la jambe de Benjamin. Celui-ci la caressa avec tendresse mais elle retourna se coucher, la tête basse, car sa maîtresse l'ignorait délibérément depuis ce matin. Pendant ce temps, les voitures arrivaient les unes après les autres se garant autour de l'église ou sur le parking des halles pour se diriger vers la mairie. Gérard, en costume gris et cravate beige, vint chercher Patricia et les trente invités se rendirent à pied à la cérémonie. Églantine, vexée de ne pas avoir été invitée, regarda le cortège, tapie derrière sa fenêtre.

Le photographe attendait les mariés, appareil en main. Après une série de photos, un employé communal convia les futurs époux à s'installer, à l'étage, devant une grande table en bois massif sur laquelle paradait une magnifique orchidée. Le maire, paré de son écharpe tricolore, fit signe aux invités de s'asseoir et la cérémonie commença. L'échange des alliances se fit sous les applaudissements de la salle. À la sortie de la mairie, Patricia et Gérard reçurent une pluie de pétales de roses immortalisant le moment. La mariée était rayonnante au bras de son époux qui enjoignit les invités à les suivre jusqu'au manoir pour un apéritif bien mérité.

Il était midi, quand ils arrivèrent à La Belle-Noë sous un soleil éclatant. Après une bonne heure de route, les hôtes furent agréablement surpris de découvrir, au détour d'un chemin, une somptueuse demeure de style Louis quatorze. Le propriétaire, descendant du corsaire Surcouf, sortit pour accueillir les mariés. Une immense pelouse verte avec quelques buis, taillés en forme de cônes, incitait le visiteur à entrer dans l'ancienne demeure dont l'accès était délimité par un petit muret en pierre. À peine arrivés, les convives prirent aussitôt possession de leurs chambres. En passant, ils jetèrent un coup d'œil au placard à fusil de l'illustre pirate ainsi qu'à l'évier du quinzième siècle. Ils poussèrent même la curiosité en gravissant quelques marches jusqu'au dortoir, constitué de répliques de bannettes d'officiers de la marine de guerre du dix-huitième siècle.

L'apéritif et le repas se passèrent dans une salle, un peu en retrait du manoir et décorée avec soin pour la circonstance. Au milieu de l'après-midi, Paul aidé de son frère et de sa sœur passèrent un diaporama retraçant l'enfance de leur mère. Patricia, émue jusqu'aux larmes, les remercia en les embrassant à tour de rôle.

Gérard, quant à lui, avait fait le choix de ne pas inviter son père à son mariage ; seuls quelques amis triés sur le volet étaient présents. Patricia dont les parents étaient décédés, à deux mois d'intervalle, l'année dernière d'une maladie incurable, avait convié sa famille à leur cérémonie sans oublier bien entendu Christine et son mari.

Pour la mariée, ce mariage concrétisait leur amour et scellait officiellement leur union. Pour Gérard, il n'était que la fin du processus de séduction. Le début de la phase d'emprise pouvait maintenant commencer. Patricia allait l'apprendre à ses dépens une fois la porte de leur chambre refermée. Après la soirée dansante, son mari, un peu ivre, suivit son épouse dans la chambre nuptiale, une bouteille de champagne à la main. Puis, il s'avança à pas de loup derrière elle posant avec délice ses lèvres sur son cou délicat. Patricia frissonna sous la caresse de son mari. Enivré par son parfum, il la saisit brusquement par la taille. Elle étouffa un petit cri. Alors, d'une main experte, il glissa sa main droite sur sa culotte en dentelle, et plongea l'autre main dans son décolleté pour caresser ses petits seins fermes en forme de poire.

Patricia bascula la tête en arrière se laissant aller tout contre lui en gémissant. Il la souleva alors pour l'asseoir sur le rebord de la fenêtre et, trempa ses doigts dans la coupe de champagne posée à côté de lui. Patricia, étonnée, l'interrogea du regard quand il lui ouvrit délicatement les cuisses à la recherche de son clitoris, qu'il caressa aussitôt de ce vin léger et pétillant. Elle protesta pour la forme, mais lorsque la langue de son amant se mit à titiller et à lécher son « petit bouton d'amour » avec tant de volupté et de délectation, elle ne put retenir un cri de plaisir. Excitée, elle n'émit aucune objection quand il la descendit de la fenêtre pour remonter sa robe jusqu'à la taille, ses fesses tout contre son sexe. Sans lui demander son consentement, il la sodomisa en la maintenant fermement d'une main pour qu'elle ne puisse pas se débattre. Le coït anal terminé, il lui administra une claque sur ses fesses rebondies puis se coucha dans le lit à baldaquin, satisfait, ne se préoccupant pas des états d'âme de sa femme qui, visiblement, n'avait pas apprécié cette pénétration brutale.

Pour couper court à ses jérémiades et voyant son visage défait, il ajouta qu'elle finirait par y prendre goût avec le temps. Puis il se tourna, le visage posé sur l'oreiller pour s'endormir aussitôt. Patricia, fatiguée et meurtrie par cette première nuit de noces, eut du mal à trouver le sommeil. Elle se réveilla la première, le lendemain matin, et descendit sans faire de bruit dans la grande salle à manger pour prendre son petit déjeuner. Quelques invités étaient déjà présents autour de la grande table devant leur bol de café brûlant, les traits tirés et les yeux encore pleins de sommeil.

Après les embrassades d'usage, Patricia apprécia la confiture faite maison, le jus de fruits frais et le thé parfumé dont l'arôme embaumait la pièce. Elle essayait, tant bien que mal, d'oublier cette nuit terrible où elle s'était sentie salie, à la merci des désirs de son mari. Puis, elle chassa ses mauvaises pensées lorsque ses enfants arrivèrent précédés par Gérard sourire aux lèvres, comme s'il ne s'était rien passé cette nuit-là.

— Bonjour tout le monde ! claironna-t-il en entrant dans la pièce.

Patricia ne bougea pas de sa chaise et continua à boire son thé sans tourner la tête. Vexé, il se précipita alors sur elle et l'embrassa avec fougue devant les invités médusés avant de s'installer à côté d'elle.

— Quel accueil ! s'écria-t-il. As-tu mal dormi ?

Tous les regards convergèrent vers la mariée qui ne lui répondit pas et continua à discuter avec ses enfants tout en lui tournant le dos. Un léger malaise envahit la salle, mais Gérard dérida l'atmosphère en blaguant avec tout le monde. Une fois tous les invités partis, il se comporta en parfait gentleman avec sa femme et ne chercha, à aucun moment, à se justifier sur les évènements de la nuit.

Étrangement, Patricia n'entama pas le dialogue, convaincue que cela ne se reproduirait pas mettant cet état d'égarement sur le compte de l'alcool. Malheureusement, leurs relations sexuelles s'aggravèrent très rapidement au sein du couple. Gérard ne tenait plus compte des désirs de sa femme. Seuls, les siens comptaient et sa partenaire était devenue « sa chose. » Au début, sa femme espérait le changer mais, très vite, elle se rendit compte qu'elle n'y parviendrait pas. Au fil des jours, elle devenait l'instrument de ses fantasmes, son jouet comme avec son premier mari. Lorsqu'elle refusait une position, il la traitait immédiatement de « prude » ou de « femme coincée » et, passait à l'acte en dépit de son avis. Elle avait la désagréable impression d'avoir déjà vécu cela.

Chapitre 30

— Dis donc, chérie, que dirais-tu d'acheter une maison rien qu'à nous ? suggéra Gérard en l'embrassant dans le cou une semaine plus tard.

Patricia, les mains dans la farine, se retourna, étonnée par sa demande.

— Pourquoi cette envie soudaine ?

— Parce que je vis maintenant sous ton toit et que j'aimerais que nous ayons une maison rien qu'à nous, précisa-t-il. Et puis, il faut penser à notre avenir : imagine un instant que tu viennes à décéder - ce que je ne souhaite pas évidemment - tes enfants hériteront de ton patrimoine et moi je me retrouverai à la rue.

Sa femme l'écouta jusqu'au bout puis, furieuse, lui lança :

— J'ai déjà entendu ce discours-là dans ta bouche. Tu tiens réellement à ce que je meure ?

— Non, je suis seulement réaliste. N'oublie pas que tu as fait un contrat de mariage ! Je n'ai droit à rien.

Patricia réfléchit un moment puis se ravisa.

— Tu as peut-être raison.

— Comme toujours !

— Alors, que me proposes-tu ?

— J'ai repéré une jolie petite maison dans le centre-ville de Rennes. Si tu veux, on peut aller la visiter cet après-midi ?

— Tu as déjà tout prévu à ce que je vois ?

Gérard haussa les épaules et répondit avec agressivité.

— Que vas-tu chercher là ? Tu deviens paranoïaque, ma pauvre fille ! J'ai vu cette maison en vente sur Internet hier.

Je voudrais seulement que tu me fasses confiance, une fois dans ta vie, et que tu approuves mes choix surtout lorsque je cherche uniquement à te faire plaisir.

À ces mots, Patricia ne put contenir son émotion et ses yeux se remplirent de larmes.

— Mais que vas-tu chercher là ? Je ne veux que ton bonheur ; je dois même t'avouer que ton projet me séduit. Peux-tu me laisser le temps de la réflexion ? Par contre, tu peux appeler l'agence immobilière pour prendre rendez-vous. Je vais même te prouver que je ne suis pas une ingrate, car je suis disposée à t'offrir cette maison si elle nous convient à tous les deux.

Gérard lui sourit tout en jubilant en son for intérieur.

— Qu'elle est facile à berner ! Il suffit que je l'accuse d'être paranoïaque ou que je sous-entende qu'elle est égoïste pour la voir immédiatement changer d'avis.

Progressivement, il avait tissé sa toile autour de sa victime. Au fil des jours, il l'avait cernée en la questionnant pour pouvoir se nourrir à long terme de ses réactions émotionnelles. Avec le mariage, sa conjointe était maintenant à sa merci et il se délectait de cette première victoire : la *mise à mort* de Patricia pouvait commencer.

Il s'empressa de téléphoner à l'agence immobilière qui fixa le rendez-vous à quinze heures puis, tout guilleret, alla en informer sa compagne. Il l'embrassa affectueusement et, prévenant, ne la quitta pas des yeux jusqu'à leur départ. Il ne voulait pas qu'elle ébruite leur projet pour le moment.

La maison était située dans un quartier cossu et calme de Rennes, près du parc Oberthur. C'était une grande demeure, moderne, de plain-pied, cachée aux yeux des passants par une grande clôture grise en aluminium. Patricia fut aussitôt séduite par le côté vintage de cette habitation, en plein centre-ville et entourée de verdure. Gérard était tout excité et avait les yeux brillants comme un enfant devant un nouveau jouet. Il n'arrêtait pas de vanter les avantages de cette maison à sa compagne et, sûr de lui, l'affublait déjà du sobriquet de « petit nid d'amour. »

L'agent immobilier, flairant la bonne affaire, fit pression pendant toute la durée de la visite en leur demandant de se décider rapidement, car un couple revenait la voir dans la soirée afin de signer le compromis. Le prix parut un peu excessif à Patricia mais Gérard sut la convaincre. En fin stratège, il l'entraîna à l'extérieur pour lui offrir un billet d'avion acheté sur Internet une semaine avant leur mariage. Elle déchira l'enveloppe avec précipitation et, découvrit avec joie qu'ils allaient enfin pouvoir concrétiser leur voyage de noces à Madère en octobre.

Heureuse de le voir accomplir un de ses plus chers désirs, elle se jeta à son cou, reconnaissante, et accepta d'aller signer à l'agence. Elle ne tergiversa pas et alla même jusqu'à lui faire donation de cette maison.

— Je ne suis pas sans ressources si l'envie te venait de me quitter, dit-elle en lui souriant.

Gérard lui rendit son sourire. Il exultait et, le soir même, il lui offrit le restaurant à Janzé pour fêter cet heureux événement. Le lendemain matin, Patricia se leva avec de terribles maux de tête et refusa de se rendre avec son conjoint auprès de sa communauté. Toute cette agitation l'avait un peu fatiguée et perturbée. Elle préférait rester à se reposer.

Son conjoint fit contre mauvaise fortune bon cœur mais, exigea qu'elle vienne le rejoindre sans faute le lendemain matin. Elle acquiesça sans le regarder et lui souhaita une bonne journée. Tous ses enfants étaient maintenant partis en vacances et elle se retrouvait seule, à nouveau, prise à partie avec ses démons. Elle éprouva le besoin d'appeler Christine. Son amie rapide comme l'éclair, répondit au bout de deux sonneries.

— Coucou, comment va la jeune mariée ?

— Ne te fiche pas de moi, veux-tu ! J'ai déjà un demi-siècle derrière moi.

— Bon, bon, alors, que faites-vous tous les deux ?

— Si tu savais, les choses se précipitent. Je viens d'acheter une maison à Rennes pour que nous y habitions Gérard et moi et je lui en ai fait donation. Je suis sûre qu'elle te plaira.

Christine resta bouche-bée un instant avant de reprendre.

— Tes enfants sont au courant ?

— Non, mais je le leur apprendrai à leur retour de vacances. Ce qui m'ennuie, c'est que je n'ai pas le courage de lui dire que je ne veux pas passer le reste de la semaine à M, il m'a pourtant fortement conseillé de venir demain. Je ne sais plus quoi faire !

— Tu es quand même libre de faire ce que tu veux. Prends ton courage à deux mains et appelle-le ce soir pour lui dire que tu ne veux pas le suivre sur cette voie. S'il t'aime, il comprendra.

Patricia réfléchit un instant et demanda à son amie d'être présente à ses côtés, quand elle l'appellerait. La réponse enjouée de Christine ne se fit pas attendre.

— Vos désirs sont des ordres, madame.

— Merci. Je savais que je pouvais compter sur toi. Alors, à tout à l'heure.

— En attendant, n'y pense pas trop !

Patricia coupa la communication, rassurée par l'optimisme de son amie. Pourquoi avait-elle toujours autant de mal à prendre des décisions ? Pourquoi était-elle tétanisée par la peur à l'idée de lui dire non ? Elle était convaincue de ne pas être capable de trouver l'équilibre et un sens à son existence, sans la présence de son partenaire à ses côtés.

Puis, pour éviter de ressasser toujours les mêmes choses,

elle se lança, à corps perdu, dans le nettoyage de la maison et du jardin, aidée de Bella qui faisait semblant de manger les fleurs fanées pour que sa maîtresse lui court après. Christine arriva vers seize heures et trouva son amie profondément endormie sur son transat en plein soleil. Elle la secoua doucement en lui tapotant l'épaule. Patricia ouvrit un œil, surprise de voir Christine penchée sur elle alors qu'elle ne l'attendait pas si tôt.

— J'avais quelques courses à faire au supermarché. Me voilà ! Mais laisse-moi te regarder, tu as mauvaise mine.

— Non, ce n'est rien ! J'ai trop travaillé aujourd'hui. Je suis seulement fatiguée.

Puis elle se tourna, furieuse, vers Bella.

— Veux-tu arrêter de sauter sur Christine ! Va te coucher dans ton panier, vilaine ! ordonna-t-elle.

La petite chienne regarda sa maîtresse avec des yeux plaintifs et se résigna à obéir en traînant la patte.

— Que tu es nerveuse ! Bella ne me dérange pas.

Patricia balaya sa remarque d'un revers de main.

— Puisque tu es là, rentrons ! Je vais appeler Gérard. Assieds-toi confortablement, dit-elle en désignant le fauteuil ; je vais mettre le haut-parleur pour que tu entendes.

Son cœur battait la chamade tandis que ses mains tremblaient nerveusement. Patricia dut se faire violence et prendre une profonde inspiration avant d'appeler son mari. Il décrocha immédiatement.

— Allô, c'est moi ! Tu as bien travaillé ?

— Oui, je suis très content. Toute la communauté t'attend demain avec impatience pour féliciter l'heureuse élue.

Patricia se racla la gorge pour se donner du courage. Christine l'exhortait à continuer en faisant des gestes.

— Justement, je voulais te dire que je ne viendrai pas ni les autres jours d'ailleurs.

Un lourd silence s'installa avant que Patricia, perplexe, n'enchaîne.

— Tu m'as entendue ?

— Bien sûr. Laisse-moi accuser le coup, s'il te plaît.

Gérard qui n'aimait qu'on le contredise se fit volontairement blessant.

— Sais-tu au moins pourquoi, ma pauvre fille ?

En entendant ces derniers mots, Patricia se mit à balbutier.

— Tu n'as pas le droit de me parler ainsi. De toute façon, j'ai mes raisons...

Son mari lui coupa la parole et continua à lui lancer des critiques sarcastiques.

— Justement, parlons-en ! Elles t'ont été soufflées par ton amie, Christine ?

— Comment oses-tu ?

— Je te connais ; tu es incapable de prendre des initiatives sans en parler à droite, à gauche. Tu as toujours besoin des autres. Cela te rassure.

Touchée en plein cœur, sa femme s'effondra en larmes tout en s'accrochant désespérément à la table basse du salon. Christine observait la scène, ses sens en alerte, effarée devant tant de méchanceté mais Patricia secouait la tête de manière ostentatoire pour qu'elle n'intervienne pas. L'entendant renifler au téléphone, il changea d'attitude.

— Tu pleures ? Tu n'as aucune raison car je t'aime plus que tout au monde. Je veux seulement que tu fasses l'effort de me comprendre. Peux-tu quand même venir demain pour que nous en parlions ? Tu auras ainsi une autre vision de notre communauté. Au fait, il serait préférable que tu mettes une jupe longue et que tu couvres tes bras pour ressembler aux autres femmes.

Christine agitait désespérément son index sous le nez de son amie mais celle-ci essuya furtivement ses larmes et, dans un dernier hoquet, donna son assentiment puis raccrocha. Elle resta quelques instants, les bras ballants, incapable de réagir. Son amie rompit le silence en la prenant dans ses bras. Tout en lui caressant la tête, elle ajouta qu'elle pouvait se libérer pour l'accompagner.

– C'est très gentil de ta part mais je préfère y aller seule. Tu l'as entendu, il te soupçonne d'être derrière tout ça ; je ne veux pas qu'il te prenne en grippe, conclut-elle.

Puis, rejetant une mèche rebelle, elle enchaîna :

– Ne te tracasse pas ! De toutes les manières, je suis décidée à ne pas me laisser faire.

– Je préfère te voir comme ça, déterminée et sauvage.

Cette remarque fit sourire Patricia qui promit de tout lui raconter à son retour.

Chapitre 31

Ce fut un Gérard rayonnant qui accueillit Patricia à sa sortie de voiture. Celle-ci avait très mal dormi et avait de larges cernes sous les yeux à cause de leur conversation téléphonique de la veille. Son mari ne put s'empêcher de le lui faire remarquer sur un ton plein de reproches. :

— Tu aurais pu te maquiller davantage pour me faire honneur. C'est un jour important aujourd'hui : monsieur Louis veut te parler. Viens, suis-moi, je t'emmène !

Il n'attendit pas sa réponse, lui prit la main et l'entraîna au pas de course dans la salle à manger. Docile, comme anesthésiée par un puissant sédatif, elle se laissa faire et s'installa dans le canapé face à monsieur Louis. Il la remercia d'être venue et, sans perdre de temps, commença son prêche. Le regard vide, elle l'entendit parler de pouvoir spirituel, de besoin affectif, de communautarisme...

Malgré l'état de confusion dans lequel Patricia se trouvait, elle remarqua la détermination et la persuasion dont faisait preuve monsieur Louis à son encontre : son désir manifeste était de la convaincre pour la rallier à leur cause. Son mari l'observait à la dérobée, agréant chaque propos de son mentor d'un hochement de tête. Patricia eut plusieurs fois la désagréable impression d'avoir en face d'elle un prédicateur.

Persuadé qu'elle buvait ses paroles, il changea d'attitude et, fixant son regard dans le sien, axa son discours sur « la vérité » tout en dénonçant et en insistant sur les dangers venus de l'extérieur. Puis, satisfait, il termina son monologue en lui remettant une revue entre les mains qu'elle reconnut immédiatement. Il lui demanda de s'en imprégner pour découvrir la lumière, la seule à ses yeux, capable de sauver son âme.

Ensuite, il lui fit signe de se lever sur un ton autoritaire et l'invita à réciter un mantra, relayé par la voix grave et pleine de ferveur de son mari. Toute cette mise en scène avait épuisé Patricia et, telle une somnambule, sortit sans attendre la fin de la formule sacrée. Dehors, elle se remémora avec effroi la mise en garde de Christine au sujet de cette secte.

Son amie avait vu juste, mais elle avait fermé les yeux comme d'habitude pour se réfugier dans le déni. À cette simple évocation, de grosses larmes roulèrent sur ses joues et, dans un dernier sursaut d'énergie, elle courut à perdre haleine jusqu'à sa voiture. Gérard, prévenu aussitôt par un des membres de la communauté, la rattrapa in extrémis. Essoufflé par sa course, il prit place à côté d'elle dans la voiture. Patricia ne lui laissa pas le temps de réagir. Prenant son courage à deux mains, elle l'apostropha avec une brutalité qui ne lui était pas coutumière tout en lui jetant la revue à la figure.

— Ne crois pas que je vais suivre ta voie ni celle de ton gourou ! Je suis assez grande pour mener ma vie comme je l'entends. Moi qui espérais passer une lune de miel à faire autre chose que de te regarder travailler pour des gens peu recommandables !

Stupéfait par la rébellion inattendue de sa femme, Gérard la regarda d'un air méprisant pendant qu'elle continuait à l'invectiver. Puis il changea d'attitude et, d'une voix mielleuse, lui assura qu'il lui consacrerait le reste de ses vacances dès qu'il aurait fini son travail. La prenant tendrement dans ses bras, il ajouta :

— Reste avec moi jusqu'à la fin de la semaine ! Je te promets que tu ne seras pas obligée de travailler. Je vais dire à monsieur Louis que tu as besoin de repos. Ne me quitte pas, je ne suis rien sans toi !

Anesthésiée par ses paroles, Patricia poussa un soupir de soulagement et accepta de rester, à condition que son amie vienne lui rendre visite le lendemain. Gérard acquiesça sans grand enthousiasme ; il ne voulait pas déclencher de nouvelles hostilités mais il était décidé à mettre toute son énergie pour éloigner Christine de sa femme : celle-ci devenait trop envahissante.

Patricia passa le reste de la journée à se promener dans le parc, accompagnée de Bella. Les arbres jouaient une mélodie délicate sous l'effet du vent qui venait de se lever. De gros nuages noirs s'amoncelaient dangereusement dans le ciel, laissant présager un orage après les grosses chaleurs de la semaine. Dès les premières gouttes d'eau, Patricia se précipita vers la maison.

Soudain, un bruit de voix reconnaissable entre mille l'interrompit dans sa course effrénée. Persuadée qu'il s'agissait de son mari et mue par un mauvais pressentiment, elle se tapit dans un coin du mur. Gérard était dans l'appentis, la porte grande ouverte, et parlait d'une voix forte pour couvrir le bruit de la pluie qui martelait le toit en tôle ondulée.

— J'espère que tu passes de bonnes vacances.

Patricia entendit la réponse de son interlocutrice car son mari avait mis le haut-parleur.

— Oui mais tu me manques terriblement.

Elle faillit défaillir et dut se tenir au mur pour ne pas tomber.

— Moi aussi, mais nos retrouvailles n'en seront que plus belles à la rentrée. J'ai hâte de te serrer dans mes bras…

C'était plus qu'elle ne pouvait en supporter ; des larmes jaillirent de ses yeux noyant le vert pâle de son iris et, blessée à mort, elle se mit à hurler de toutes ses forces sous une pluie battante qui déversait sa hargne sur le sol. En entendant des cris, Gérard sortit précipitamment de l'appentis mais, à son grand étonnement, ne trouva personne. Décontenancé car il avait cru reconnaître la voix de sa femme, il raccrocha précipitamment promettant de rappeler Jasmina à la fin de la semaine.

Puis il se mit à la chercher partout. Il se dirigea vers sa voiture mais elle n'était plus sur le parking. Convaincu que c'était sa femme qu'il avait entendue, il monta dans son véhicule et démarra sur les chapeaux de roues. Il ne fallait en aucun cas que sa proie lui échappe. Il roula comme un fou pour arriver le premier. Patricia ne devait pas parler de ce coup de téléphone à ses enfants encore moins à cette petite fouineuse de Christine.

Quand il stationna devant chez elle, il trouva la porte fermée. Il attendit qu'elle rentre en mettant au point une stratégie. Au bout de cinq minutes, elle sortit de sa Golf, titubant, l'œil rouge avec des cernes bistre sous les yeux et passa à côté de son mari sans le reconnaître. Il la rattrapa en quelques enjambées. En l'apercevant, elle porta la main à sa poitrine, ses yeux se révulsèrent et il eut juste le temps de lui ouvrir ses bras. Le choc émotionnel avait été tellement violent qu'elle venait de perdre connaissance ; son pouls battait faiblement. Gérard, imperturbable, l'allongea dans l'allée, lui suréleva les jambes et la gifla pour qu'elle reprenne connaissance.

Pendant ce temps, Bella pleurnichait et léchait le visage de sa maîtresse à grand renfort de coups de langue. Au bout de quelques secondes, leurs efforts furent enfin couronnés de succès : Patricia revint à elle. Il la souleva et l'emmena dans leur chambre à coucher. Elle reprit progressivement ses esprits mais refusa de lui parler. Vexé par son attitude, il chercha à la provoquer.

— Qu'est ce qui t'a pris de t'enfuir comme une voleuse ?

Tu m'avais pourtant promis de rester !

Ne voulant pas se justifier, elle lui tourna le dos mais il continua à l'invectiver sans se préoccuper du choc émotionnel qu'elle venait de subir.

— De toute façon ce n'est pas nouveau, je ne peux jamais compter sur toi !

En entendant cette petite phrase assassine, Patricia se redressa dans son lit, ivre de rage.

— Puis-je savoir qui est « cette Jasmina » avec qui tu roucoulais au téléphone ?

— Ah, parce que tu m'espionnes maintenant ! De mieux en mieux. Je peux ajouter cet autre défaut à ton palmarès, conclut-il en levant les yeux.

Patricia ne décolérait pas.

— Réponds donc à ma question au lieu de me dénigrer sans arrêt !

Surpris par son agressivité, il se ravisa, prit un ton paternaliste et, confiant, inventa une histoire à dormir debout.

— Je ne t'en ai pas parlé avant car je ne voulais pas te faire souffrir inutilement. « Cette Jasmina » comme tu dis est ma supérieure hiérarchique ; elle a jeté son dévolu sur moi depuis le début. Si je veux gravir les échelons, je suis obligé d'entrer dans son jeu en tout bien tout honneur...

— Au point de vouloir la serrer dans tes bras ?

— Je n'ai jamais dit ça !

Sa femme, méfiante, secouait la tête.

— Non seulement tu es parano, tu ne comprends rien mais en plus tu as des hallucinations auditives ! lâcha-t-il énervé.

De guerre lasse, Patricia laissa tomber sa tête sur l'oreiller et ferma les yeux pour ne plus l'entendre. Dépité, il quitta la chambre et ajouta d'une voix pleine d'empathie feinte en l'embrassant sur le front.

— Je te laisse te reposer, tu en as besoin. Je te prends ton portable pour que tu ne sois pas dérangée. À tout à l'heure, ma chérie.

Elle n'eut pas la force de lui répondre et sombra immédiatement dans un sommeil profond, épuisée nerveusement par ce nouveau face à face avec son conjoint. Depuis leur mariage, il avait complètement changé d'attitude à son égard : il était devenu irascible, intransigeant, la dévalorisant de jour en jour. Elle finissait par douter de ses capacités intellectuelles à tel point qu'elle sentait qu'un venin insidieux se propageait petit à petit dans ses veines sans pouvoir l'endiguer.

Chapitre 32

Le portable de Patricia retentit dans le salon. Gérard prit l'appel de Christine, un sourire au coin des lèvres.

– Allô, Patricia ?

– Non, c'est Gérard.

– Ah, bonjour ! Tu vas bien ?

– Oui.

– Puis-je parler à Patricia ?

– Je suis désolé mais elle se repose pour le moment.

– Tant pis ! Je rappellerai plus tard. Tout va bien ?

Gérard baissa volontairement la voix comme pour lui faire une confidence.

– Les préparatifs du mariage l'ont beaucoup fatiguée et notre escapade à Madère va lui faire le plus grand bien. Excuse-moi de te demander cela, mais serait-il possible de la laisser tranquille jusqu'à notre départ ? Avant, je vais l'emmener à M pour qu'elle s'y ressource. Je suis désolé de te dire cela mais elle ne veut voir personne.

Christine faillit s'étrangler de stupeur, mais elle prit sur elle pour ne pas laisser transparaître l'inquiétude qui la tenaillait. Jamais son amie n'aurait pris une telle décision sans lui en parler. Cet homme mentait, elle en était certaine. Il cherchait à isoler sa femme pour mieux la dominer et l'avoir ainsi à sa merci.

Pour ne pas éveiller ses soupçons, elle accepta sans poser de questions puis coupa la communication. Gérard se frotta les mains, satisfait. Il éprouvait une haine viscérale à l'égard de cette femme qui n'était pas tombée sous son charme et, qui semblait toujours sur la défensive avec lui. Patricia lui faisait trop confiance si bien que Gérard préférait l'éloigner définitivement de son amie.

Encore dans les limbes du réveil, Patricia se réveilla le lendemain matin vers huit heures, la bouche pâteuse, avec une forte migraine qui lui martelait le crâne. Machinalement, elle regarda le réveil et constata avec étonnement qu'elle avait dormi seize heures d'affilée. Puis, tout lui revint en mémoire en même temps qu'une douleur fulgurante lui vrilla les tempes. Instinctivement, elle se retourna dans le lit et constata, à son grand soulagement, qu'elle était seule. Elle se leva péniblement, épuisée, comme si elle avait couru toute la nuit sous une chaleur accablante.

Un mot de Gérard traînait sur la table de la cuisine, l'informant qu'il était allé faire des courses au supermarché. Patricia se mit aussitôt à la recherche de son portable mais sans succès. Néanmoins, elle ne perdit pas une minute pour se préparer et fila dans la salle de bains. Au moment de se peigner, elle poussa un cri d'effroi en voyant son visage dans le miroir recouvert de plaques d'eczéma. Et comme si cela ne suffisait pas, ses cheveux tombaient par poignées dans le lavabo.

Dans un dernier sursaut d'énergie, elle décida d'aller chez son médecin mais ne trouva nulle part les clefs de sa Golf. Interloquée mais déterminée, elle se rendit à pied au cabinet médical. Elle n'eut aucune difficulté à obtenir un rendez-vous : elle ne tenait plus debout, pouvait à peine parler et se grattait sans arrêt. Son médecin de famille, prévenu par la secrétaire, lui fit signe de le suivre dans son cabinet.

Il l'examina puis, avec beaucoup de diplomatie et de douceur, lui posa quelques questions sur sa nouvelle vie. Il l'écouta se confier, hochant la tête de temps en temps pour l'exhorter à continuer tout en l'assurant qu'elle était une personne digne de confiance et, diagnostiqua un grave choc émotionnel. Il lui donna ensuite les coordonnées d'un psychiatre tout en exigeant de la revoir en consultation la semaine suivante. Quand elle rentra chez elle, éreintée, Gérard l'attendait faisant les cent pas dans la cuisine.

— Où étais-tu passée ? lui demanda-t-il en la regardant méchamment.

— Chez le médecin puisque tu n'as pas jugé bon de m'y emmener.

— Pour ta petite syncope ? Il n'y avait pas de quoi fouetter un chat, ironisa-t-il en plissant les yeux.

— Évidemment puisqu'il s'agit de moi. Mais si ç'avait été toi, je suis certaine que tu aurais déjà alerté tout le quartier ! hurla-t-elle, incapable de se maîtriser.

— Pauvre de moi, j'ai épousé une hystérique !

Puis il continua sur un ton acerbe en pointant du doigt son visage.

— Et c'est ton médecin qui t'a grimée comme cela ?

À ce moment-là, elle se mit à le détester. Elle lui annonça, les poings serrés, qu'elle avait rendez-vous chez un psychiatre toutes les semaines. Il se moqua d'elle en traitant les médecins de *charlatans* puis, conclut sur un ton désabusé.

— Tu exagères comme d'habitude ! Relativise donc un peu, ça changera. De toute façon, tu te noies dans un verre d'eau !

Puis, il tourna les talons, furieux, en lui jetant ses clefs de voiture par terre. Sans se retourner, il lui cria qu'il retournait passer le reste de la semaine à M. Il lui signifia qu'il espérait la retrouver en meilleure forme à son retour et, dans un élan de générosité, lui envoya un baiser du bout des doigts. Ce geste apaisa un peu Patricia mais elle n'osa pas prendre sa voiture pour aller se confier à son amie. Une honte indicible l'empêchait de parler de cette nouvelle dispute à Christine où à ses enfants. Gérard avait terriblement changé depuis leur mariage mais elle était certainement responsable de cette situation. Son premier mari la critiquait souvent en soulignant ses faiblesses.

De toute façon, elle n'avait plus de portable. Elle se consola en pensant que son mari l'avait sûrement oublié dans sa poche. Après cette altercation violente, elle alla se reposer sous la pergola quand elle entendit la sonnette du portail retentir. Christine, énervée, lui faisait de grands gestes de l'autre côté de la rue en hurlant son prénom. Patricia lui ouvrit rapidement de peur qu'elle alerte tout le quartier et, contrariée, poussa un soupir car elle aurait préféré rester seule. Son amie n'allait certainement pas accepter sa résignation.

Lorsque Christine s'approcha d'elle pour l'embrasser, celle-ci ouvrit de grands yeux et recula instinctivement, puis s'excusa aussitôt de son attitude maladroite. D'un seul coup d'œil, elle comprit que ses soupçons étaient fondés : Patricia souffrait moralement et somatisait en rétrécissant comme une peau de chagrin. Christine se retint pour ne pas exploser devant son amie déjà très affaiblie.

— Que t'arrive-t-il ? la questionna-t-elle.

— Rien, un peu d'exéma, répondit Patricia en se cachant derrière son grand chapeau de paille.

Par pudeur, son amie n'insista pas mais continua à l'interroger.

— Tu me fuis comme cela ?

Devant son air abasourdi, elle lui expliqua en quelques mots sa conversation téléphonique de la veille avec son mari. Celle-ci, effondrée, se laissa tomber de tout son poids sur le transat à côté d'elle, Bella profitant de l'occasion pour sauter sur sa poitrine.

— Tu es toute pâle ! Tu es sûre que tu vas bien ? lui demanda à nouveau Christine inquiète.

— Oui, ne te tracasse pas, répondit-elle en prenant une

grande inspiration.

Cette nouvelle révélation agit sur elle comme un électrochoc et elle trouva la force nécessaire pour tout lui raconter. Au bout d'une heure, Patricia, exténuée et vidée, lui demanda gentiment de la laisser se reposer en lui proposant de revenir la voir le lendemain. Christine accepta à contrecœur et, avant de la quitter, lui tendit un livre sur « les manipulateurs et l'amour » dont elle lui conseilla la lecture.

– Tu verras, c'est très instructif. Thierry me l'a offert l'année dernière pour ma fête.

Puis, innocemment, elle changea de sujet.

– As-tu des nouvelles des enfants ?

– Oui par SMS. Tout se passe bien.

– Tant mieux ! Soigne-toi bien avant qu'ils ne reviennent de vacances.

– Ne crains rien ! Je ne suis pas encore à l'article de la mort, dit-elle en esquissant un pauvre sourire. Celui qui me terrassera n'est pas encore né !

Christine tourna les talons, heureuse de constater que son amie semblait enfin déterminée à prendre son destin en main.

Chapitre 33

Patricia passa la fin de la semaine à se reposer au soleil tout en dévorant le livre que lui avait prêté son amie. Au fur et à mesure qu'elle parcourait les pages, elle découvrait avec effroi les traits de caractère d'un manipulateur. Elle se rendait compte que Gérard avait plusieurs caractéristiques inhérentes à cette personnalité pathologique : en effet, il excellait dans l'art de la culpabiliser, était jaloux, savait utiliser les flatteries pour la séduire, mentait très souvent, était égocentrique, ne supportait pas les critiques, menaçait de façon déguisée, la dévalorisait, déformait souvent ses propos et critiquait sans cesse Christine.

Perturbée, elle reposa le livre sur son transat et ferma les yeux pour oublier la triste réalité. Malheureusement, elle n'arriva pas à trouver le sommeil; elle se repassait en boucle sa rencontre idyllique avec son premier mari, puis sa descente progressive aux enfers et trouvait, à son grand désarroi, des similitudes avec Gérard. Elle se leva brutalement consciente qu'un pan de sa vie venait de s'écrouler : comment avait-elle pu être si naïve et manquer autant de discernement ? Gérard avait raison de la traiter de « pauvre fille. » Devant ce triste constat, de grosses larmes roulèrent sur ses joues qu'elle laissa couler sans chercher à les retenir.

Puis, après avoir pleuré tout son saoul, elle se replongea dans la lecture de son livre avide de trouver des réponses à ses questions. Elle était fermement décidée à prendre enfin sa vie en main. Quand elle arriva à la fin du livre, sa décision était prise : elle ne pouvait plus rien espérer d'une vie maritale aliénante et destructrice. Elle était sereine maintenant à l'idée d'affronter son bourreau. Christine lui avait déjà ouvert les yeux sur la relation malsaine que son conjoint entretenait avec elle.

Tous ces témoignages de femmes sous emprise dont parlait cet ouvrage étaient édifiants. Elle se reconnut dans toutes ses victimes confrontées à un pervers narcissique, et en conclut que Gérard l'avait choisie dans le seul but de s'enrichir à ses dépens. Pas un instant, il n'avait éprouvé ne serait-ce qu'une once d'amour pour elle. Le prince charmant était en fait un manipulateur comme l'était son premier mari et, elle, une proie vulnérable. Elle fut soudain tirée de ses pensées par l'arrivée de Gérard sifflotant, les bras chargés d'un splendide bouquet d'alstroemères. Depuis le début de la journée, Patricia l'attendait de pied ferme ignorant l'heure exacte à laquelle il devait rentrer. Finalement, il arriva en fin de soirée et la trouva dans sa chambre, allongée sur son lit.

Elle l'accueillit froidement posant sur lui un regard glacé, et lorsqu'il lui offrit son joli bouquet de fleurs en cherchant ses lèvres, elle le lui jeta à la figure. Surpris par cet accueil, il se baissa pour ramasser les alstroemères éparpillés sur le sol, pendant que sa femme l'observait sans bouger d'un air narquois.

— Quelle mouche te pique ? hurla Gérard en s'approchant d'elle prêt à en découdre.

Patricia peu intimidée le fusilla du regard.

— Tu oses me le demander après m'avoir confisqué mon portable et m'avoir laissée sans nouvelles pendant trois jours.

— Ah, ce n'est que ça !

Gérard fit semblant de chercher quelque chose dans les poches de son pantalon puis, triomphant, brandit l'objet de la discorde.

— Le voilà, ton portable ! c'était juste un oubli.

— Comme tu as sans doute oublié de me dire que je ne voulais plus voir personne.

Loin de se départir de son calme, il haussa les épaules, nia tout en bloc et la traita de *demeurée mentale.* À ces mots, elle se jeta sur lui toutes griffes dehors et lui lacéra le visage avec ses ongles. Furieux, il la fit tomber violemment sur le sol. Elle poussa un cri de douleur et se releva avec peine tenant son poignet endolori. Ivre de rage, elle lui jeta à la figure tous les noms d'oiseaux qui lui venaient à l'esprit. Décontenancé par ce flot d'injures ininterrompues, il la dévisagea comme s'il la voyait pour la première fois.

— Comme tu es belle lorsque tu es en colère !

— Arrête donc des pitreries ! Regarde-moi bien une dernière fois car c'est fini entre nous ! Je demande le di-vor-ce.

Sidéré, Gérard arrêta de sourire et se figea, mais sa femme enchaîna, imperturbable.

— Ne t'avise surtout pas de m'endormir avec tes mièvreries pour me faire changer d'avis ! Ma décision est irrévocable.

Puis elle ajouta, sûre d'elle.

— Profite de notre rupture pour te faire soigner car tous les pervers ne sont malheureusement pas tous hors d'état de nuire !

À ces mots, il devint cramoisi et éructa des injures lui crachant à la figure tout son venin.

— Tu ne dis que des conneries ! Tu as vraiment l'intention de me quitter après ce que nous avons vécu ensemble ? Tu ne peux pas me faire ça, tout est de ta faute !

Patricia puisa en elle la force nécessaire pour lui répondre.

— Le contraire m'aurait étonnée venant de ta part, mais j'ai enfin ouvert les yeux sur l'individu que tu es grâce à ce livre !

Elle le brandit avec une violence inhabituelle. Intrigué, il le lui arracha des mains et lut rapidement le titre de l'ouvrage. Pendant tout ce temps, elle continua à l'invectiver et à le provoquer.

— Tu te croyais seul au monde avec tes mensonges, mais heureusement que des auteurs se sont penchés sur des malades de ton espèce...

Plus rien ne pouvait arrêter Patricia qui laissait libre cours à toute cette rancœur accumulée depuis leur mariage. Il la regardait, d'un air goguenard, amusé comme s'il n'était pas concerné par ce qu'elle disait. Toute cette violence déchaînée contre lui prouvait, une fois de plus, que sa femme n'était pas totalement indifférente à sa personne. Il était donc temps de passer à l'étape suivante : il allait faire semblant de lui vouer une adoration sans faille pendant quelques jours, le temps de calmer le jeu. Il s'approcha d'elle, prit délicatement ses mains entre les siennes en l'implorant du regard.

— Je ne peux pas me passer de toi, tu es ma seule raison de vivre. Je t'aime plus que tout, tu le sais bien. Pourquoi nier l'évidence ?

Surprise par ce revirement de situation, Patricia sentit sa volonté faillir, mais elle secoua la tête et se boucha les oreilles pour ne plus l'entendre. Elle se détacha de lui et pointa un doigt accusateur sur sa poitrine.

— Tu ne m'as jamais aimée ; tu en es incapable ! Ce seul mot te fait horreur. Je lis en toi maintenant comme dans un livre ouvert. Retourne donc avec les tiens à M car, à partir d'aujourd'hui, je ne veux plus de toi dans ma chambre ni sous mon toit. Profites-en pour aller rejoindre ta maîtresse, mais sache que si je la croise un jour je lui dirai quel être fourbe et vénal tu es...

Gérard l'observait sans rien dire, les dents serrées, la

mâchoire contractée, les poings fermés, un rictus de colère se dessinant sur ses lèvres mutiques. Sachant qu'il avait perdu la partie et désirant ne plus l'entendre, il s'avança vers elle en la regardant froidement dans les yeux, la souleva, s'approcha de la fenêtre ouverte pour la jeter violemment sur les graviers, lorsqu'il aperçut Christine courant à perdre haleine dans l'allée. Il reposa sa femme sur le sol et s'enfuit précipitamment par la porte de derrière. Son amie monta les escaliers quatre à quatre et, eut juste le temps de recueillir Patricia dans ses bras avant qu'elle ne chute lourdement sur le parquet.

— Quel salaud, ce type ! maugréa-t-elle en allongeant son amie sur son lit. Il ne perd rien pour attendre !

Après quelques mots de réconfort et de patience, Patricia, livide, la poitrine oppressée par des sanglots, réussit à raconter péniblement ce qu'elle venait de subir. Christine l'écoutait en hochant la tête, ulcérée.

— Je suis arrivée à temps ! Ce sale type voulait te tuer. J'espère que tu vas porter plainte à la gendarmerie. Je te servirai de témoin s'il le faut. Mais dans un premier temps, il est préférable de prévenir tes enfants et de changer toutes les serrures. Je préviens les gendarmes pour expliquer ta situation. Je reste avec toi cette nuit que tu le veuilles ou non.

Un faible « oui » lui répondit. Alors que Patricia pleurait toutes les larmes de son corps pour évacuer une tension encore palpable, Christine, en véritable mère de famille, s'occupa d'elle et lui mit un peu de glace sur son poignet endolori. Il était trop tard pour aller chez le médecin et, son amie était incapable de se lever à cause du choc émotionnel qu'elle venait de subir. Néanmoins, les gendarmes se déplacèrent à son domicile pour prendre sa déposition et lui promirent de l'informer de la suite des évènements. Un brigadier resta en faction toute la nuit devant sa maison pour la protéger d'un éventuel retour de son mari.

Le lendemain matin, les enfants de Patricia arrivèrent les uns après les autres chez leur mère. Une fois tous réunis, Claude changea les serrures pendant que Sophie examinait la blessée. Paul s'occupa de faire les courses et décida de rester quelques jours avec sa mère, le temps qu'elle se remette de ses émotions. La convalescence fut plus rapide que prévu grâce au soutien inconditionnel de ses enfants et de Christine. Patricia en sortit plus forte et plus déterminée qu'avant et, c'est avec beaucoup d'humour qu'elle déclara, une fois le divorce prononcé, qu'elle resterait à l'avenir seule en compagnie de ses amis, les animaux.

Sommaire

Du même auteur 5

Chapitre 1 9

Chapitre 2 17

Chapitre 3 25

Chapitre 4 31

Chapitre 5 39

Chapitre 6 45

Chapitre 7 51

Chapitre 8 55

Chapitre 9 61

Chapitre 10 67

Chapitre 11 75

Chapitre 12 83

Chapitre 13 89

Chapitre 14	97
Chapitre 15	105
Chapitre 16	111
Chapitre 17	117
Chapitre 18	123
Chapitre 19	129
Chapitre 20	137
Chapitre 21	147
Chapitre 22	155
Chapitre 23	161
Chapitre 24	169
Chapitre 25	175
Chapitre 26	183
Chapitre 27	189
Chapitre 28	193
Chapitre 29	199
Chapitre 30	205
Chapitre 31	213
Chapitre 32	219

librinova
www.librinova.com

Imprimé en France
FROC021148190319
20735FR00006B/20/P

9 791026 221692